De Wilde Voetbalbende

Joachim Masannek

Deniz

de locomotief

met tekeningen van Jan Birck

Uitgeverij Ploegsma Amsterdam

Kijk ook op www.ploegsma.nl

STICHTING NEDERLANDSE
KINDERJURY
2007

2007/1665/A

AVI 8

ISBN 90 216 1700 5 / NUR 282/283
Titel oorspronkelijke uitgave: 'Die Wilden Fußballkerle – Deniz die Lokomotive'
Verschenen bij: Baumhaus Buchverlag, Frankfurt am Main 2002
© Baumhaus Medien AG, Frankfurt am Main
Vertaling: Suzanne Braam
Omslagontwerp: Studio Rietvelt
© Nederlandse uitgave: Uitgeverij Ploegsma bv, Amsterdam 2006

Inhoud

FC Quick tegen de Wilde Voetbalbende V.W.

De wedstrijd was afgelopen. Ik voelde dat het tochtte. Toen sloeg de deur van ons kleedhok met een gigantische klap dicht en sneed ons van de buitenwereld af. Nog geen seconde later was het donker en stil.

Onze trainer was binnengekomen. Hij had zich in ons kleine kleedhok geperst en torende met zijn massieve twee meter lengte boven ons uit. Zijn stierennek vulde het ronde raam van het hok en doofde het licht van de oktoberzon, alsof dat een glimwormpje was op klaarlichte dag.

Ik, Deniz Sarzilmaz, was de enige Turk in het team. Ik staarde naar mijn voeten. Dat deed ik altijd op moeilijke of gevaarlijke momenten. Mijn voeten kon ik altijd vertrouwen. Ze waren voor mij wat de rails is voor een trein. Ze brachten me altijd bij het doel. Vandaag was dat doel het doel van de Wilde Voetbalbende geweest. We speelden in de D. Wij, FC Quick, hadden de eerste drie thuiswed-strijden door mijn doelpunten gewon-

nen. We waren op weg naar het herfstkampioenschap, en ik had deze keer ook goed gescoord. Vijf keer.

Vijf keer was ik doorgebroken tot het doel van de inkt-zwarte-shirts-met-de-knaloranje-kousen. Al bij de eerste poging stond ik daar, alleen. Eerlijk waar. Daarom gaf ik de bal ook niet meer af. Er was verder toch niemand. Ik zag niemand! Of toch? Bij alle helse orkanen! Plotseling was ik omsingeld. Aan vier kanten! En dat door één enkele speler... De nummer 8. Joeri 'Huckleberry' Fort Knox werd hij genoemd, het eenmans-middenveld. Ik probeerde van alles. Met een strakke blik op mijn voeten dribbelde ik om mezelf heen tot ik er duizelig van werd. Het gras onder me maakte een te gekke looping. Toen viel ik op mijn gat en de bal was weg.

Langs de zijlijn floot Frederik Bokma, onze trainer. Hij brieste als een paard.

'Ik snap het niet!' Hij haalde een hand door het kransje haar rond zijn vuurrode kale hoofd. 'Deniz! Turkse stijfkop! Waarom geef je de bal niet gewoon af?'

Ik staarde hem aan. Afgeven? Shit! Sinds wanneer had Bokma gevoel voor humor?

'Ik stond alléén voor het doel! Moet ik dan aan mezelf gaan passen?' mopperde ik. Ik stond op en botste tegen onze centrumspits aan.

'Hé, vette pa-patatvreter! Kij-hijk een beetje uit!' schold ik. Ik had geen flauw idee waar hij zo ineens vandaan was gekomen.

Mijn tweede aanval ging veel beter. Twintig meter vrijloop bracht me razendsnel bij nummer 16 van de tegenstander. Daar bleef ik niet lang. Van zes meter afstand schoot ik, zonder aanloop. De bal was onhoudbaar en vloog in de korte hoek. Maar de keeper van de Wilde Bende viste hem met zijn linkervoet van de lijn alsof ik de bal gewoon naar hem toe had gerold. Wauw! dacht ik. En ik hoorde hoe ze hun keeper feliciteerden. Marc de onbedwingbare noemden ze hem, en dat was echt niet overdreven. Maar onze trainer zag dat heel anders.

'DEEHNIZZZ!' krijste Bokma vanaf de zijlijn. 'DEEH-NIZZZ! IK...!'

Verder kwam hij niet. Marcs bal kwam namelijk bij hun nummer 10 terecht. Marlon heette die. En Marlon plukte de bal met zijn wreef uit de lucht alsof er secondelijm op zat. Hij gaf een hakje. Daardoor miste de aanstormende tegenspeler de bal. Marlon passte – zonder ook maar één keer te kijken – hard naar rechtsvoor.

Daar schoot de bal over de lijn. Dat dachten wij tenminste. Onze trainer ook.

'Laat gaan! Die is uit!' brulde hij in zijn lila trainingspak.

Maar de nummer 4 schoot op de bal af. Het leek of de bal opeens achteruit rolde, zo snel was die jongen. Sidderende kikkerdril! Toen kwam hun rechtsbuiten in actie. Wij hadden amper de tijd om de rug van zijn shirt te lezen. Fabi, stond erop, de snelste rechtsbuiten ter wereld. Toen gaf hij een halfhoge voorzet vanaf de zijkant. En daar dook de centrumspits, de nummer 13, op.

Drie van onze verdedigers stormden op hem af. Leon, de slalomkampioen, zoals hij zich noemde, maakte geen schijn van kans. Maar hij nam de bal niet eens eerst aan. Hij schoof bliksemsnel zijn rechtervoet onder de bal en tilde hem omhoog.

Sprakeloos draaiden onze verdedigers zich om. Ze strekten hun nek en volgden de vliegbaan van de bal, net als onze trainer. Het leek of de bal in slow motion op de penaltystip zou vallen, precies op de jongen die daar al klaarstond. Hij had

een koperkleurige huid en pikzwarte krullen. Hij kwam los van het gras. Met een omhaal-salto schoot hij over de lat. Daarbij liet hij ons zijn rug zien. Hij was de nummer 19: Rocco de tovenaar, zoon van João Ribaldo, de Braziliaanse voetbalgod van Ajax.

De nummer 7, Felix de wervelwind, maakte er nul-twee van. Toen hij door zijn astma haast niet meer kon, kwam Jojo in zijn plaats. Jojo die met de zon danst. Hij droeg geen voetbalschoenen, maar sandalen die met pleisters en veters waren opgelapt. Hij danste over het veld en speelde een dubbelpass met Leon. Door hem leken onze verdedigers net zielige oude mannetjes. Toen hij nog maar één tegenspeler voor zich had, schoot hij de bal plotseling terug. Nummer 11 kreeg hem recht voor zijn voeten. Max 'Punter' stond op zijn shirt. Wat dat betekende, werd me al snel duidelijk.

Ik rende recht op hem af. Hij zou nooit aan de bal komen! Dat zwoer ik bij mezelf en ik probeerde hem de weg te versperren. De bal was bijna zeker uit. Maar Max draaide zich bliksemsnel en strak naar rechts. Ik zag nog net zijn geluidloze grijns, toen schoot hij.

KNAL!

Als een kogel vloog de bal naar ons doel. De keeper balde zijn vuisten en wierp zich tegen het schot in.

KNAL! donderde het voor de tweede keer over het veld. Onze keeper begon midden in zijn sprong te trillen en de kanonskogel duwde hem in het net.

Zelfs onze trainer had geen woorden meer voor deze nul-drie.

Bokma's kransje haar stond recht omhoog. Het leek wel elektrisch geladen. Zijn kale plek gloeide als lava in een vulkaan. Ik moest iets doen! En wel nu! Anders zouden we alle-

maal stikken onder die lava. Daarom rende ik naar het doel, haalde de bal eruit, sprintte ermee naar de middenstip en schreeuwde tegen de Wilde Voetbalbende: 'Ro-hot eindelijk eens op naar jullie eigen he-helft! Ik wil verder spelen! Begrepen?'

Maar alle Wilde Bende-leden hadden hun positie al ingenomen. Het was mijn eigen team dat treuzelde. Mijn vrienden sjokten over het veld. Hun voeten plakten aan het gras alsof er honing op zat. Sidderende kikkerdril! Dit was pijnlijk! Maar ik zei niets. Dat zou het alleen maar erger gemaakt hebben. Daarom wachtte ik.

Ik wachtte een eeuwigheid tot onze rechtsbuiten eindelijk naast me stond. Pas toen siste ik: 'Zo! En nu zijn wíj aan de beurt! Dui-hui-delijk?'

Hij keek me aan alsof ik Chinees sprak en toen de scheidsrechter floot, bewoog hij zich nog steeds niet.

'Speel die ba-hal door!' schold ik, en toen hij dat ten slotte deed, nam ik hem aan en rende ermee weg. Met mijn ogen op mijn voeten gericht schoot ik naar voren als een locomotief. Zonder omweg, recht op het doel van de inktzwarte Wilde Bende af. Uit mijn ooghoeken zag ik schaduwen langs schieten. Leon de slalomkampioen, Marlon de nummer 10 en Joeri 'Huckleberry' Fort Knox konden mij niet stoppen. Ze waren te laat, en ik schoot. Ik, en nu eens niet Max 'Punter'. Ik schoot met de buitenkant van mijn schoen, halfhoog. En hoe Marc de onbedwingbare zich ook rekte en strekte, de bal draaide steeds verder naar rechts. Hij schampte langs de binnenkant van de paal en zakte in het net.

'DONG-ZOEMF!' klonk het en niet 'KNAL!' zoals bij Max. Maar het resultaat was hetzelfde.

'Niet te geloven! Het is jullie inderdaad gelukt!' riep Bokma verbaasd. Hij draaide zich om naar de toeschouwers.

'Hebben jullie dat gezien? Bij FC Quick is het kwartje geval-
len!'

Onze trainer koelde minstens 140 graden af. Spotten deed
hem blijkbaar goed. Mij schudde hij nu pas goed wakker!
Nee hoor, grapje. Toch had ik twee minuten later weer de bal.
Ik rende ermee langs de rechter zijlijn, liet Max, Jojo en Rocco
links achter me en schatte snel de afstand. Twintig meter van
het doel! Schieten? Dat was pure overmoed, zeker met
iemand als Marc in het doel. Maar mijn woede en angst
waren groter. Ik was bang voor de gloeiende lava van onze
trainer. Ik raakte de bal heel simpel met de neus van mijn
schoen, maar dat maakte niets uit. Als een bliksemflits
schoot hij, vlak boven het gras, linksonder in het doel.
Onhoudbaar voor de onbedwingbare.

'Soempf!' hoorde je alleen maar, en toen was het stil. De
jongens van de Wilde Bende keken elkaar aan, alsof ze niet
wisten wat hun overkwam. Twee-drie stond het nu. Alles
was nog mogelijk en ik rende trots langs onze trainer.

'Hé, menee-heer Bokma!' riep ik en ik grijnsde naar hem.
'Goed was ik, hè? Vond je het geen peilloos diep, vuil en gemeen schot?'

Maar mijn trainer antwoordde woedend: 'Ik zal je zo dadelijk laten zien wat vuil en gemeen is! Terug naar je eigen
helft, jij! Of moet ik je erheen slepen? Voor het geval je het
nog niet doorhebt, Turkse stijfkop: we liggen achter.'

Natuurlijk wist ik dat en ik wist ook dat ik dat moest veranderen. Anders zouden we na het eindsignaal in een horrorfilm belanden. We hadden nog maar één minuut. Dan was de wedstrijd afgelopen, over en uit. En de Wilde Bende nam nu natuurlijk lekker de tijd.

Er was nog een wissel, en voor Leon in de plaats kwam een jongen met lang, roodbruin piekhaar. Hij ging voor me staan en grijnsde. Toen nam hij de bal van Marlon aan, schoot tussen mijn benen door en stormde ermee weg.

Ik keek hem na en kreeg het gevoel alsof ik knock-out was geslagen. Het rugnummer van de jongen was 5. Maar daarboven stond duidelijk: Vanessa, de onverschrokkene.

Sidderende kikkerdril! Alle dolle stieren en brakende beren! Ik had me door een méísje voor de gek laten houden. Wat een afgang! Dus vloog ik achter haar aan alsof het een zaak op leven en dood was.

Vlak voor het strafschopgebied bleef ik staan. Maar Vanessa wist allang dat ik eraan kwam. Ze heeft ogen in haar achterhoofd. Ze is net een spin, en daarom wachtte ze alleen maar tot ik op haar af sprong. Toen gaf ze de bal door. Een bliksemsnelle dubbelpass met Fabi. Daarna een hakje naar links, waar een ander lid van de Wilde Bende uit het niets opdook. Met reusachtige ogen achter een bril met jampotglazen schoot hij met links. Zijn vuurrode krullen wapperden rond zijn hoofd, en de 99 op zijn rug maakte hem cool. Supercool! En al even supercool ging Raban, de held, nog tijdens het schot onderuit. Hij schoot de bal veel te hoog over het doel heen.

'Dampende kippenkak!' schreeuwde hij woedend. 'Die was mis en niet zo'n kléín beetje ook! Maar ik móést hem wel met links nemen. Met links, mijn zwakkere voet!'

Maar de leden van de Wilde Bende draafden gewoon terug alsof er niets gebeurd was. Ook hun trainer, die in zijn streepjespak langs de zijlijn stond, zei geen woord. Alleen Vanessa liep naar hem toe en gaf hem vriendschappelijk een klap op zijn schouder.

'Geeft niks!' zei ze tegen Raban en toen liepen ze samen terug.

Maar ik bleef aan de rand van het strafschopgebied staan. De keeper speelde me de bal toe en wilde hem voor een verre uittrap weer terug. Jammer voor hem. Want ik stormde ervandoor. Vriend en vijand gleden als schimmen langs me heen. Toen verdween het veld in een melkachtige mist. Tenminste, zo leek het. Maar dat was ik gewend. Ik keek gewoon naar mijn voeten. Naar mijn voeten en naar de bal. Toen zag ik het doel van de Wilde Bende voor me. Langzaam kwam het tevoorschijn uit de mist. Net als Joeri 'Huckleberry' Fort Knox. Hij stond rechts op de loer. Hem kende ik al, en naar hem wilde ik in geen geval. Daarom maakte ik een hoek naar links. Daar was de weg weer vrij. Vrij tot aan het doel. Alleen de keeper moest ik overwinnen, en die kwam nu regelrecht op me af. Ik aarzelde even, overwoog of ik de bal moest spelen en hoorde toen de andere spitsen roepen.

'Verdedigers, pas op! Deniz, de nummer 8!' Dat was Joeri 'Huckleberry' Fort Knox!

En onze trainer brieste: 'Verrekte stijfkop! Geef eindelijk die bal af!'

Maar waar moest ik heen passen? Ik stond in een dikke mist en had nauwelijks een seconde meer de tijd. Achter me dreigde het eenmans-middenveld, en voor me een keeper die zich zonder angst op de bal zou storten. Maar het lukte me toch. Ik legde de bal met rechts op links voor en schoof hem onder Marc door.

Langzaam rolde de bal naar het doel, de lange hoek in. Joeri sprong over me heen. Hij maakte zich lang en stoof als een hazewindhond op de bal af, maar dat was niet genoeg. Hij raakte de bal maar licht. Die rolde verder, bereikte de lijn en hoefde nog maar een paar centimeter verder, dan lag hij in het doel!

Onze trainer maakte een luchtsprong: 'Ik hou van je, Deniz!'

Maar nog in de lucht veranderde hij van mening: 'Nee! Helemaal niet! Dit gaat mis!'

Want nu verscheen er een dwerg uit het niets. Hij was hooguit zes jaar, schoot de bal van de lijn terug in het speelveld en jubelde alsof hij een doelpunt had gemaakt.

'Ik heb hem, Joeri! Ik heb hem gestopt!' schreeuwde hij. Hij vloog zijn oudere broer om de hals en zoende hem. Zijn broer beloonde hem hiervoor met een harde klap met zijn vuist. De dwerg viel vlak voor me plat op zijn buik. Ongelovig staarde ik naar de X. Die stond op de rug van zijn shirt, in plaats van een nummer. Toen keek hij op.

'Hé, hoi Turkse stijfkop,' grijnsde hij met een brutaal gezicht. 'Ik ben Josje, het geheime wapen!'

En ter bevestiging van deze zin klonk het eindsignaal. Ik stond op en rende dwars door het strafschopgebied van de tegenstander van het veld af. Ik liep iedereen voorbij: onze centrumspits, die op de penaltystip stond, en onze linksbuiten aan de rand van het strafschopgebied. Naast hen had ook een middenvelder vrijgestaan. Ik had moeten passen. Dan hadden we het doelpunt wel gemaakt, en dan hadden we niet verloren.

Maar in plaats daarvan zat ik nu in een donker kleedhok en voelde de hete adem van onze trainer in mijn gezicht. Hij stond even na te denken over de gemene dingen die hij zo dadelijk tegen me zou schreeuwen.

'Twee-drie! Twee-drie! Ik snap het niet! Ze zijn een jaar jonger dan jullie! Ze zijn net uit de F'jes ontslagen! Maar jullie horen daar nog steeds thuis, bij de F'jes. Of nog beter: we maken een meisjesteam van jullie! We maken gewoon leuke rokjes van jullie voetbalbroeken!' voegde hij er spottend aan toe. 'Jullie zijn echt de grootste klojo's die ik ooit getraind heb.'

'Maar...' waagde ik te zeggen, 'de Wilde Bende heeft deze week drie wedstrijden gespeeld, twee gewonnen en één gelijkgespeeld. Die jongens zijn echt wild!'

'Wat zeg je?' riep onze trainer. 'Waarom kun jij nog praten? Alleen als je na de wedstrijd moet kotsen, heb je écht alles gegeven. Hoe vaak moet ik dat nog zeggen?'

Ik staarde naar mijn voeten. Maar onze trainer was nog niet klaar.

'Ja. En daarmee zijn we precies bij de reden voor deze ramp!' siste hij. Hij kwam op me af. 'Deniz! Verschrikkelijke stijfkop! Jij hebt alles verpest!'

Ik zei niets. Ik had twee doelpunten gemaakt.

'Dankzij Deniz zijn nu niet *wij*, maar de Wilde Voetbalbende op weg naar het herfstkampioenschap. Hé! Ik praat tegen je!' riep hij. 'Kijk me aan!'

Langzaam tilde ik mijn hoofd op, maar ik kon hem in het dampende kleedhok nauwelijks herkennen. Daarom knipperde ik met mijn ogen.

'Ja, goed zo,' spotte Bokma. 'Moeten jullie hem nou zien. Hij kijkt zo scheel als wat. Zo iemand kan helemaal niet scoren. Zo iemand geeft ook niet één bal af! Zo iemand is een verliezer! Een schande voor het elftal!'

'Maar, menee-heer!' fluisterde ik. 'De jongen met het rode haar en die bril met jampotglazen schoot ook naast!'

'E-he-hecht wa-haar, De-heniz?' deed Bokma me na. 'Je méént het! Ga dan lekker met hem spelen! Schiet op, naar huis jij! Uit mijn ogen! Ik wil je niet meer zien!'

Ik keek hem vragend aan. Ik begreep er niets van. Ik had twee doelpunten gescoord! En de laatste drie wedstrijden hadden we door mijn doelpunten gewonnen. Toen trok de trainer aan mijn arm.

'Ben je doof?' schreeuwde hij tegen me en zijn lavahoofd dreigde te ontploffen.

Ik stond op en pakte mijn spullen. Ik stopte ze in mijn sporttas, het waardevolste dat ik naast mijn oude, veel te grote motorjack bezat. Toen liep ik het kleedhok uit. Maandag trainden we weer en dan was Bokma vast wel weer gekalmeerd. Ja, dan kwam alles weer goed. Maar voor ik de deur achter me dicht kon doen, floot de trainer me nog een keer terug.

'Eh, ik ben nog iets vergeten,' zei hij met de valse grijns van een heks die in sprookjes kinderen opeet. 'Ik wil je hier nooit meer zien, eigenwijze stijfkop!'

Nu was het stil.

'Je hoort niet meer bij het elftal! Begrepen?'

Ik keek hem nog een keer aan. Toen keek ik de kring van de andere jongens van mijn elftal rond. Ik voelde dat niemand me zou tegenhouden. Ik draaide me om en vertrok.

Een gevaarlijk aanbod

Buiten stond de Wilde Voetbalbende met hun trainer en ik stond opeens midden in de groep.

'Hoi, stijfkop!' zei Josje, en Marc kwam naar me toe.

'Die twee doelpunten waren echt goed, man!' feliciteerde hij me. 'Onhoudbaar, allebei!'

Ik keek hem verbaasd aan. Hij wilde nog iets zeggen, maar Leon kwam bij ons staan.

'Hé! Joeri's moeder bakt vandaag pannenkoeken en wie vóór Willies brommer op Camelot is, hoeft niet af te wassen! Kom op, fietsen!' riep hij. Hij sloeg de trainer op zijn schouder en grijnsde. 'Of is dat niet eerlijk, Willie?'

De jongens van de Wilde Bende lachten en reden hard weg.

'Ja, dat is eerlijk, zeker weten. Willie wast af!'

'Ho-ho! Dat zullen we nog wel eens zien!' riep Willie. 'En als ík win, strijken jullie mijn pak. En jullie komen allemaal aan de beurt!' Toen hompelde hij achter de jongens aan.

Ik stond hen jaloers na te kijken. Zo ziet een echt elftal eruit, dacht ik. Een elftal dat altijd wint. Ik veegde het snot van mijn neus en begon te lopen. Maar ik had geen idee waarheen.

Thuis waren mijn ouders alleen maar geïnteresseerd in overwinningen. Ze droomden ervan dat ik profvoetballer zou worden. En ik wilde die wens maar al te graag in vervulling laten gaan. Maar wat moest ik nu thuis vertellen? FC Quick was nu al het derde elftal waar ik uit was gegooid. En altijd vanwege hetzelfde probleem.

Iemand riep mijn naam. 'Hé, Deniz!'

Ik draaide me om en zag Willie. Hij stond in zijn streepjespak naast zijn brommer.

'Zo heet je toch, Deniz?'

Ik knikte voorzichtig en wachtte op een rotopmerking. Maar Willie schoof alleen maar de klep van zijn rode honkbalpet in zijn nek en zei zachtjes: 'Je bent goed, Deniz! Ga zo door!'

Ik slikte en trok mijn neus op. Wat wil die rare vent van me? dacht ik. En Fabi dacht dat waarschijnlijk ook.

'Waar blijf je nou, Willie?' riep hij. 'De anderen liggen al vijfhonderd meter voor!' De snelste rechtsbuiten ter wereld keek mij wantrouwend aan. 'Hé, Willie! Als je ons zo veel voorsprong geeft, is er niks meer aan!'

Willie keek hem aan, zag zijn wantrouwen en knikte.

'Oké, je hebt gelijk!'

Hij startte zijn brommer en reed weg. Maar hij maakte een bocht en reed vlak langs mij. 'Deniz!' riep hij. 'We trainen elke dag om half vijf. In de Duivelspot. Weet je waar dat is?' Toen reed hij hard weg.

Maar Fabi bleef nog achter. Zijn wantrouwen werd nu een openlijke vijandigheid en het was mijn pech dat ik dat niet zag. Je weet wel, die mist. Daarom dacht ik dat hij me wel mocht en ik gaf hem zelfs een knipoog. Maar Fabi dacht er niet aan die te beantwoorden.

Hij draaide zijn fiets en reed zo snel weg dat hij zéker niet zou hoeven afwassen.

Pas goed op je sporttas!

'En? Met hoeveel hebben jullie deze keer gewonnen?' vroeg mijn vader toen ik 's avonds de huiskamer binnenkwam. Hij zat op de bank en keek naar voetbal op tv. Mijn moeder kwam meteen uit de keuken toen ze de vraag hoorde. Mijn twee broers, Tolgar en Boran, lagen op de grond voor de tv en keken vol belangstelling op. De eredivisie was opeens bijzaak geworden. En het interesseerde niemand waar ik zo laat vandaan kwam.

'Wij hebben Samen Sterk met elf-nul ingemaakt!' grijnsde Tolgar. Hij was nog niet eens zeven, maar hij speelde al bij de F'jes.

'En wij hebben Edam verslagen met negen-één,' zei Boran. Hij was twaalf en speelde bij FC Vrijheid. 'En drie van de negen goals kwamen van mij, terwijl ik verdediger ben.'

'Ik heb er vijf gemaakt,' schepte Tolgar op. 'En twee daarvan heb ik gekopt.'

Mijn vader rekte zich trots uit en mijn moeder streek Tolgar over zijn haar.

'En? Hoe ging het bij jou, Deniz?' vroeg ze. 'Hoe vaak heb jij gescoord?'

Ik slikte. Toen zei ik zachtjes: 'Twee keer. Ik he-heb twee doelpunten gemaakt. Ma-haar de trainer van de tegenstander heeft me gevraagd of ik bij hen wil spelen.'

Mijn vader floot tussen zijn tanden door.

'Wauw. Dat is cool. Boran, Tolgar! Horen jullie dat? Ze vechten om Deniz. Hij is populair. En ik durf te wedden dat het niet lang zal duren voordat hij wordt gevraagd door Ajax.'

'Dat geloof ik niet!' riep Tolgar boos. 'Deniz heeft vandaag verloren. Twee-drie. En dat tegen een jonger team!'

'Ik ben zelf ook een ja-haar te jong voor de E!' protesteerde ik.

'Precies! En daarom speel je ook alsof je nog in de F'jes zit,' spotte Boran. 'Je geeft nooit af. Je hebt het vast verpest en daarom heeft die kale Bokma je eruit gegooid.'

Mijn vaders gezicht betrok. 'Wacht even,' zei hij. 'Zeg dat nog eens!'

'Bokma heeft hem uit het elftal gegooid!' hoonde Tolgar.

En Boran voegde eraan toe: 'Deniz heeft het verpest. Eén enkele pass en ze zouden vandaag hebben gewonnen!'

Mijn vader stond nu heel langzaam op. 'Is dat waar?' vroeg hij zachtjes. 'Deniz, ik hoop dat dit niet klopt.'

Ik slikte, maar ik kon gewoon niet liegen. 'Ze hebben gelijk,' moest ik toegeven.

'Nee, dat kan niet,' zei mijn moeder hevig geschrokken. 'Deniz! Dit is al de derde keer dat je wordt weggestuurd.'

'Ja, ma-haar, de Wilde Voetbalbende... Ik bedoel, hun trainer, die-hie wil dat ik...!'

'Geen sprake van! Je blijft waar je bent!' bulderde mijn vader nu. 'En maandag ga je naar die meneer Bokma en je vraagt hem of je weer mee mag spelen. Duidelijk?'

'Ma-haar hij wil me niet meer zien!'

'Je zorgt maar dat hij je wel weer wil zien, want anders kun je voetballen vergeten!' riep mijn vader woedend. 'En nu naar boven! Naar je kamer! Uit mijn ogen!'

Het was stil.

Op tv maakte Ajax net een doelpunt, maar het gejuich van het publiek werd door deze stilte verstikt. Ze keken me allemaal aan en ik verdronk in de blik van mijn vader. Zijn ogen waren zo vaak de vrolijkste en meest trotse ogen van de wereld. Maar nu was zijn blik hard en meedogenloos. Ik zocht hulp bij mijn moeder. Maar die schudde haar hoofd. Dus ging ik maar naar m'n kamer. Of liever gezegd: onze kamer, want ik deelde hem met mijn broers. Ik smeet de sporttas en mijn stokoude en veel te grote motorjack tegen de muur. Ze vielen naar beneden en bleven liggen.

Tas en jack lagen er nog toen het donker werd. Je kon ze nauwelijks meer zien. In de huiskamer lachten mijn ouders en mijn broers. Zoals elke zaterdag deden ze 'De Kolonisten van Catan'. Ik was dol op dat spel.

Pas veel later kwamen mijn broers naar bed. Ik deed of ik sliep, maar in werkelijkheid gluurde ik vanonder mijn dekbed naar mijn sporttas. Ik had hem van mijn vader gekregen. Voor mijn vorige verjaardag.

'Pas goed op die tas!' had hij toen gezegd. 'Op een goede dag zul je hem als profvoetballer de Arena binnendragen.'

Ik lachte en schudde mijn hoofd. Maar mijn vader pakte me bij mijn schouders en keek me heel ernstig aan.

'Ja, dat gebeurt, hoor. Zeker weten. Je bent mijn zoon, Deniz. En als je dan de Arena binnengaat, met die sporttas in je hand, zul je beseffen hoezeer ik altijd in jou heb geloofd.'

Toen had hij zijn armen om me heen geslagen. Ik wilde niets liever dan dat hij dat nu weer zou doen. En ik wilde ook heel graag dat ik nooit meer naar Bokma terug hoefde. Daar was ik te trots voor en bovendien wilde ik altijd in het beste team spelen.

Ik wilde altijd winnen. En daarom vraag ik je: welk elftal is beter dan de Wilde Voetbalbende V.W.?

Ik zal het jullie allemaal bewijzen!

Die maandag ging ik eerder weg van school. Ik zou voor één keer spijbelen. Om twee uur 's middags schoof ik mijn sporttas door het wc-raam naar buiten en klom er zelf achteraan. Ik liet me op het gras zakken en tijgerde onder het raam van de conciërge door. Daarna liep ik over een zijpad door de struiken vlug naar de poort. Eenmaal op straat ging ik er zo snel mogelijk vandoor.

Aan mijn rechterhand stonden de hoge flats waar wij woonden. Op nummer 99, op de 9e verdieping. Mijn vader was ervan overtuigd dat ik ooit de grootste nummer 9 ter wereld zou worden. Daarom vond hij het geweldig dat wij op zo'n huisnummer woonden.

Maar onze wijk lag in Amsterdam-Noord, en de Duivelspot was precies aan de andere kant van de stad. De Wilde Voetbalbende was een wereldreis weg. En mijn doel om ooit weer als nummer 9 te spelen dus ook. Maar het moest en zou me lukken. Ik zou het iedereen bewijzen. Mij gooide niemand meer uit een elftal!

Met dat besluit liep ik naar de bushalte. Ik had alles uitgezocht en Mieke Hendriks, mijn oude, chagrijnige juf van groep 3, had me daarbij enthousiast geholpen. Ze zat in de lunchpauze bij ons in het overblijflokaal. En nu kun je echt lachen. Ze had bijna een luchtsprong gemaakt toen ik haar mijn plan vertelde. Ja, ik zei natuurlijk niet dat ik wilde spijbelen. En ook niet dat ik in mijn eentje helemaal naar de andere kant van de stad ging. Dat zou ze nooit goed hebben gevonden. Ik zei dat ik een opstel wou schrijven. Helemaal vrijwillig, omdat ik daar opeens zin in had. Een opstel over een jongen die net als ik in Amsterdam-Noord woonde. Die jongen wilde zijn arme, oude, zieke oma gaan opzoeken aan de andere kant van de grote stad. Oma kon niet meer zo goed lopen en ze zag haar kleinkind maar zo weinig...

De kin van juf Hendriks zakte op haar borst en heel even was ik bang dat mijn verhaal er te dik bovenop lag. Het was icts voor iemand uit groep 3, bijvoorbeeld van dat meisje van zeven dat ook overbleef. Ze was helemaal gek van cavia's, en dan vooral angoracavia's. Juf Hendriks hield net zoveel van dat meisje als ze aan ons jongens een hekel had. Wij maakten te veel lawaai en waren veel te wild, vond ze. We wilden altijd sterker en groter en beter zijn dan de anderen. Dat vond ze zo vreselijk dat ze het liefst op een meisjesschool les had gegeven. De mond van juf Hendriks zakte nog verder open. Ze kon het gewoon niet begrijpen. Deniz, de Turk, de ergste van alle jongens, was opeens veranderd in een lieve, gevoelige jongen. Nadat ze haar kin op de vloer had teruggevonden, sprong ze op van haar stoel.

'Loop maar even mee,' zei ze.

In haar lokaal trok ze een plattegrond uit de la. Steeds opnieuw legde ze me de weg uit. Eerst met de bus door de IJtunnel. Op het Centraal Station overstappen op tram 25 naar Amsterdam-Zuid en daar de bus richting Amstelveen.

'Waar woont je oma precies?' vroeg ze terwijl ze een andere kaart tevoorschijn trok.

'In de Duivelspot,' antwoordde ik en juf Hendriks begon meteen te zoeken.

'Duivelspot...? Duivelspot...?' mompelde ze. Tevergeefs doorzocht ze het stratenregister van Amsterdam. Toen draaide ze zich opeens argwanend naar me om.

'De Duivelspot,' siste ze zo snibbig als ze maar kon. 'Hou je me voor de gek, Deniz?'

'Nee, natuurlijk niet, juf,' zei ik en ik schudde verontwaardigd mijn hoofd.

'Weet je dat heel zeker?' vroeg ze.

'Duizend procent. Op mijn erewoord.'

'Mmm,' bromde ze. 'Ik weet het zo net nog niet.'

'Maar ik weet het wél. Echt waar. Maar nu moet ik even pissen.'

'Deniz!' riep ze verontwaardigd.

'Pardon, ik bedoe-hoel naar het toilet. Mag dat?'

Juf Hendriks snoof. Ze keek me aan, en even dacht ik dat ze me doorhad. Maar dat was een lerarentruc. Daar kon ze indruk mee maken op kinderen van groep 3, maar niet op mij. Ze had natuurlijk geen flauw idee wat ik van plan was. De juf gaf me toestemming om naar de wc te gaan en liep terug naar het overblijflokaal.

Ik pakte mijn sporttas uit de bezemkast. Ik had hem daar al neergezet voor ik naar het overblijflokaal ging. En de rest weet je.

Van school was het maar een klein stukje naar de bushalte. De buschauffeur keek me wantrouwend aan, maar zei niets toen ik vroeg of hij drie strippen wilde afstempelen. Binnen een half uur waren we er en moest ik overstappen op de tram. Daar voelde ik me voor het eerst een beetje onzeker. Zo veel mensen om me heen. Zo veel auto's, trams en taxi's. De mensen waren allemaal groter dan ik. Ik zocht de tram die ik moest hebben, maar die kon ik niet zo snel vinden. Ik werd zenuwachtig en botste tegen mensen op. Iedereen had haast en veel mensen keken boos. Er liep voortdurend een stroom mensen het station in en uit.

Stomtoevallig zag ik mijn tram opeens vlak voor me. Hij stond nog bij de halte. Gelukkig! Ik stapte in en zocht een plaats. De rit ging dwars door de stad. Ik keek mijn ogen uit. Ik was wel eens naar het centrum geweest, maar altijd met mijn ouders. Nu was ik alleen... Een stem in de tram riep de haltes om. Het werd steeds drukker.

Ik stapte uit bij de halte die juf Hendriks genoemd had en stond op een reusachtig plein. Waar moest ik nu heen? De juf had gezegd dat ik het hier nog maar een keer moest vragen. Koppig als ik ben, dacht ik het alleen wel te kunnen vinden. Dus liep ik een willekeurige straat in. De straat maakte een bocht. Ik liep een zijstraat in. Ik sloeg nog een keer af. Die straat splitste zich en toen wist ik helemaal niet meer waar ik heen moest. Ik was verdwaald...

Ik voelde een ijskoude rilling langs mijn rug en ik werd bang. Waarom was ik niet thuisgebleven? De school zou over een uurtje uitgaan en dan begon de training van Bokma. Ik kon met dat lavahoofd praten, en misschien vergaf hij me dan wel. Bokma scheen het leuk te vinden iemand op zijn lazer te geven. Bij elke training moest minstens één jongen voor hem door het stof kruipen en vaak was ik dat. Deniz, de Turkse stijfkop!

Maar dat wilde ik niet. Daar was ik te trots voor. Ik was een winnaar. De nummer 9. Daarom rechtte ik mijn rug en zette vastberaden mijn tanden op elkaar. Ik sloeg nog een keer af en zag in de verte een taxistandplaats.

Ik liep naar de chauffeur van de eerste taxi in de rij. De man zat in zijn auto de krant te lezen. Zijn raampje stond open.

'Pardon, meneer. Ik zoek de bus naar Amstelveen. Weet u waar de halte is?' vroeg ik en ik toverde mijn vriendelijkste glimlach op mijn gezicht.

De taxichauffeur keek langzaam op. Hij bekeek me van top tot teen en zag natuurlijk meteen dat ik geen klant was. Dus drukte die rotvent op een knop. Hij zei geen woord en het raampje ging dicht.

Daarna ging ik een sigarenwinkel binnen. De verkoper kwam meteen op me af.

'Nee. Wegwezen jij!' Hij greep me vast en trok me mee de straat op. 'Er wordt hier niet gejat!'

'Maar ik jat niks. Ik rook niet eens!' zei ik woedend. 'Ik wil alleen maar iets vragen.'

'Ja, dat zeggen ze allemaal!' De man lachte schel en gaf me een harde duw. 'Smeer 'm! En laat ik je hier niet meer zien!' dreigde hij en hij kwam weer op me af.

Ik wilde wegrennen, struikelde en viel languit op de stoep. Snel sprong ik op en rende ervandoor. Ik vervloekte de school. Welke idioot beweerde dat je daar iets over het leven leerde? Mooi niet! Het leven was anders, heel anders! Zeker voor een Turk in een veel te groot zwart motorjack. En met een hanenkam zo rood als de Turkse vlag. Frederik Bokma zei altijd dat ik verschrikkelijk scheel keek. Wat een bullshit. Voor mij was de mist om me heen heel normaal. En dat ik de vrijstaande medespelers niet zag als ik de bal had ook. Alleen daarom gaf ik de bal niet af. Snap je het nu?

Ik was kwaad en dat voelde goed. De woede verdreef de angst. Tot mijn verbazing stond ik opeens weer op het reusachtige plein waar ik uit de tram was gestapt. Ik vroeg iemand waar de bus naar Amstelveen was en ik had geluk: de bushalte was gauw gevonden en de bus kwam er net aan.

Na een rit van twintig minuten stapte ik uit op een pleintje in de buitenwijk waar de Duivelspot volgens de buschauffeur moest zijn.

Dikke Michiel

Bij alle brakende beren! Wat een welkom! De mensen op de markt leken te verstenen. En toen ik op een van de versteende mannen afliep, begon die te stotteren.

'Pardon. Kunt u me vertellen waar ik de Duivelspot kan vinden?' vroeg ik beleefd. Maar de man staarde naar mijn vuurrode hanenkam alsof ik zo uit de hel kwam. Ik vroeg het aan een paar andere mensen.

'De... de... wat?' stotterden ze allemaal en liepen door.

Een oudere vrouw hield zelfs haar kruk voor mijn neus. 'Ga terug! Terug naar het Donkere Woud! Ga maar terug naar je graffiti-torens!' bezwoer ze mij alsof ik Dracula en het monster van Frankenstein tegelijk was.

Ik begreep er helemaal niets van. Ik wilde niet naar het Donkere Woud, en ook niet naar de graffiti-torens. Ik wilde naar de Duivelspot, maar daarvoor leken ze nog banger. Toen ontdekte ik een paar jongens die er net zo uitzagen als ik. Ze stonden bij de grote bloembakken rond het plein en schoffelden het onkruid weg.

Ik liep naar de eerste de beste jongen toe. Hij was een reusachtige Chinees, die eruitzag als Godzilla of King Kong.

'Meneer, mag ik u iets vragen? Weet u waar de Duivelspot is?' De Chinees kromp ineen alsof hij een elektrische schok had gekregen. Als een luciferhoutje brak de steel van zijn schoffel in zijn handen doormidden. En hoewel hij oersterk was, leek hij doodsbang voor me.

'Michiel!' riep hij. 'Michiel! Kom hier en neem de anderen mee. Allemaal, hoor je?'

Hij bleef me aankijken en ik keek verbaasd terug. Voor en achter op zijn spijkerjack stonden drie woorden: 'De Onoverwinnelijke Winnaars!'

Toen trilde de grond. De adem van degene die er nu aankwam, reutelde als die van een potvis. Ik keek om en zag iemand opdagen uit de mist. Vergeleken met deze verschijning leek onze trainer een hertje – met een kaal kopje. Een Darth Vader T-shirt spande zich om zijn vetrollen. Zijn ogen gloeiden als laserstralen. Als hij of zijn vrienden in een film speelden, zou die pas 's avonds ná elf uur op tv mogen.

'Hoi!' Ik slikte. 'Weten jullie waar de Duivelspot is? Ik zoek de Wilde Voetbalbende V.W...'

Dat was het toverwoord. De potvis en zijn horde bleven staan alsof ik ze ter plekke had laten bevriezen. Ze durfden geen adem meer te halen. Hun ogen schoten heen en weer als motten rond een lamp.

'Hé, is er iets?' vroeg ik bezorgd.

'Natuurlijk niet!' zei Dikke Michiel terwijl hij achteruit-deinsde. 'Die straat in, daar naast de bloemenwinkel. En dan alsmaar rechtdoor. Dan kom je bij de Duivelspot. Dat is de kortste weg.'

Aan de angst in de ogen van deze jongens zag ik dat hij de waarheid sprak. Ze wilden duidelijk van me af. Dus deed ik wat me gezegd was.

De bloemenwinkel kwam na een paar meter uit de mist tevoorschijn en ik hoorde Dikke Michiel me nog naroepen: 'Maar pas op! Die jongens zijn verschrikkelijk. Ze plakken aan je als kauwgum en hondenstront aan je schoenen!'

'Ik zie wel!' riep ik over mijn schouder, en liep door.

Ik voelde me geweldig. De Wilde Voetbalbende moest hartstikke wild zijn. Want anders hadden die Onoverwin-nelijke Winnaars niet al bij het noemen van hun naam zo angstig gekeken. Maar wat ik het geweldigste vond, was dat Dikke Michiel en zijn monsters mij nu al bij de Wilde Bende telden.

Ik was waanzinnig trots. Ik liep de straat uit, en over de veldweg naar de top van de heuvel. Toen ik bovenkwam, zag ik de Duivelspot als een schateiland uit de mist opdoemen. Dit was dus het domein van de Wilde Voetbalbende.

In de grootste heksenketel aller heksenketels

Vol eerbied stond ik even later voor de ruwhouten ingang en las het bord dat aan een dwarsbalk boven de poort hing. De poort van het stadion van de Wilde Voetbalbende V.W., de grootste heksenketel aller heksenketels: 'Duivelspot'.

'Sidderende kikkerdril!' zei ik bij mezelf. 'Ik ben er echt!'

Ik hing mijn tas over mijn schouder en liep langzaam de poort door. De waarschuwing van Dikke Michiel was ik allang vergeten. Ik was in de Duivelspot. Ik liep verder en zag links van me een stalletje. Onder een gammel zonnescherm stond een oude bank. Op het zonnescherm stond in feloranje letters: 'vip-lounge'. Rond het veld stonden hoge houten palen. Op de top van die palen zag ik bouwlampen. Ik klakte met mijn tong.

'Wauw,' mompelde ik. 'Ze hebben niet alleen een stadion. Ze hebben zelfs schijnwerpers.' Dit was duizend keer beter dan ons veldje bij FC Quick. Alleen het eerste elftal had een echte grasmat. Dat was bij elke club zo. Maar in de Duivelspot was dat anders. Hier was de Wilde Voetbalbende het eerste elftal. Hier was niemand belangrijker dan zij.

Ik keek mijn ogen uit. Er hing een diepe stilte. Dat viel me pas op toen de mist voor mijn ogen optrok en ik oog in oog stond met de leden van de Wilde Bende.

De jongens staarden me aan alsof ik als een pinguïn uit de ijskast was komen marcheren. En even stond ik er ook net zo roerloos bij. Maar toen zag ik Willie, de trainer, en die glimlachte naar me.

Alle brakende beren! Zo'n glimlach had ik nog nooit van mijn leven gezien. Zo zou mijn vader vast en zeker ook glimlachen als ik door de scouts van Ajax werd ontdekt. Dat gaf me moed. Te veel moed misschien. Maar ik wilde cool overkomen.

'Hi! Ik ben het, Deniz!' grijnsde ik, kauwend op mijn kauwgum. 'Waar moet ik me verkle-heden?'

De anderen zeiden geen woord. Vooral Leon en Fabi keken me erg vijandig aan. Maar ik was niet anders gewend. Op school was dat normaal. Daar was zo'n glimlach als die van Willie net zo zeldzaam als een tien voor een dictee.

Daarom keek ik zelf rond, op zoek naar een kleedhok. Toen ik er geen zag, liep ik naar de rand van het veld.

'Ik kan er niks aan doen,' grijnsde ik. 'Wi-hi-hillie vroeg of ik wou komen. En Wi-hi-hilli is jullie trainer, toch?'

Met deze woorden ging ik in het gras zitten en kleedde me op mijn gemak om. Leon en Fabi balden hun vuisten.

'Is dat zo? Heb je hem echt gevraagd?' riepen ze tegen Willie.

De trainer was in verlegenheid gebracht. Hij maakte een paar passen op de plaats en schoof de klep van zijn rode honkbalpet in zijn nek.

'Ja,' bekende hij. 'Hoezo? Hebben jullie daar iets op tegen?'

'Wát?' ging Leon tekeer. 'Is dit een grap of zo? Sinds wanneer bepaal jij wie er bij ons mag komen?'

'Dat bepaal ik helemaal niet,' zei Willie sussend. 'Deniz traint een keer mee. Daarna kunnen jullie zelf beslissen.'

'Man! We zijn toch al met zijn twaalven!' protesteerde Fabi. 'En dat zijn er al bijna te veel!'

'Ja, dit jaar en volgend jaar. Maar dan komen jullie in de D. Dan gaan jullie op het grote veld spelen. Met elf tegen elf en niet meer zoals nu, met zeven tegen zeven!'

'Nou en?' schold Leon. 'Wat heeft dat met Deniz te maken?'

Willie haalde zijn schouders op. 'Eigenlijk niets. Ik vind alleen dat je op tijd moet beginnen met zoeken. Weet je, niet elke jongen past in ons team.'

'Klopt!' riep Leon spottend. 'En deze past er zeker niet in.'

Nu werd ik toch een beetje zenuwachtig. En terwijl ik deed alsof ik nog steeds cool mijn veters strikte, kleefden mijn ogen en oren aan Willie. Die wendde zich nu tot het meisje in het team.

'Vanessa!' zei hij. 'Doet dit je niet ergens aan denken? En jij, Rocco? Felix, jij haatte Rocco! En jullie hadden Vanessa allemaal het liefst meteen naar de hel gestuurd.'

Nu was het stil. Leon schopte boos met zijn voeten tegen het gras, tot de aarde te zien was. Toen keek hij Willie woedend aan en riep: 'Goed. Dan geven we hem een kans. Maar denk eraan: voor elke nieuwe speler die erbij komt, zit er één van ons op de bank!'

Een dozijn rivalen

De dreigende opmerking van Leon miste zijn uitwerking niet. De lucht leek wel elektrisch geladen. Vonken sprongen tussen de Wilde Bende en mij heen en weer. En Willie deed er nog een schepje bovenop. Sidderende kikkerdril! Die man leek wel bezeten. Hij koos niet voor de zachte methode. We speelden geen dubbelpass of vijf tegen twee. Hij besloot voor de open strijd: het duel. Dat moest wel kwaad bloed zetten.

Zonder ook maar iets uit te leggen zette hij een veld uit van zeven bij twaalf meter. Toen haalde hij twee lege bier-kratten uit zijn stalletje. Dat waren de doelen. Maar hij zette ze niet aan de uiteinden neer, maar rug aan rug in het midden van het veld.

'Jullie spelen een op een en wie het eerste doelpunt maakt, die wint. De winnaar hoeft niet op de bank! Duidelijk?'

'Nee, niet duidelijk,' zei ik. 'Wi-hi-hilli! Waarom staan die doelen verkeerd?'

Leon en Fabi draaiden met hun ogen, alsof ik net gevraagd had waarom de hemel blauw is.

'Zodat je moet dribbelen, De-he-ni-hiz,' pestte Leon. 'Zoals de kratjes zijn opgesteld, kun je niet van een afstand op het doel schieten. Tenzij jij even krom schiet als je kijkt!'

'He-he-heb je het a-ha-hallemaal begrepen?' riep Fabi met een grijns, alsof ik achterlijk was.

Maar daar was ik wel aan gewend. Dat heb ik al gezegd. Ik

knikte cool, maar mijn knieën werden slap toen Willie me op het veld riep.

'Deniz, wil je even komen, alsjeblieft!'

Ik moest naast hem gaan staan, recht voor de anderen. Toen wachtte Willie een eeuwigheid, leek het. Hij bekeek alle leden van de Wilde Bende van top tot teen, kuchte, schoof de klep van zijn honkbalpet heen en weer en veegde het zweet van zijn voorhoofd.

'Als jullie Deniz echt zo bedreigend vinden,' zei hij, 'moeten we ons ook zo tegen hem opstellen. Dus: Deniz daagt jullie vandaag allemaal uit. Hij begint en hij blijft net zo lang op het veld tot een van jullie van hem wint.'

'Oké, deal!' Leon nam de uitdaging aan. 'Maar ik beslis wie wanneer tegen hem speelt.'

'Mee eens?' vroeg Willie aan mij en ik had het liefst nee gezegd. Maar dat deed ik natuurlijk niet. Ik gaf mijn antwoord via Willie aan Leon.

'Wi-hi-hilli. Zeg maar tegen hem dat het mij niks uitmaakt. Je wint eerder in de lotto dan dat iemand mij verslaat!'

Willie keek eerst mij fronsend aan en toen Leon.

Leon knikte en beet zich van woede op zijn lip.

Toen begon het.

Als eerste stuurde Leon Rocco op me af. Rocco de tovenaar, zoon van een Braziliaanse profvoetballer. Hij was de man van de bliksemsnelle aanval, van het schot uit de heup. Hij moest het duel al in de eerste ronde voor de Wilde Bende winnen. Daar was hij precies de man voor.

Rocco had mega-veel talent. Hij was vast met voetbalschoenen aan geboren. De bal luisterde naar hem, las zijn gedachten en deed dingen die een voetbal anders nooit doet. Hij sprong van Rocco's voet recht in zijn nek. Hij sprong van-

daar op zijn hiel, glipte tussen zijn benen door, wipte op zijn knie en vandaar op zijn hoofd. En voor ik het wist stond Rocco drie meter bij me vandaan, alsof hij daarheen gebeamd was. Hij was klaar om de bal in mijn doel te schieten. Ik schreeuwde van schrik. Op het laatste moment sprong ik in de baan van het schot. Rocco had met effect en veel te speels geschoten. Met de armen langs mijn lijf duwde ik de tovenaar opzij. Met mijn kont naar achteren versperde ik hem de weg. En vechtend werkte ik me om het krat heen. Toen schoot ik de bal vlijmscherp in zijn doel.

Die zat. Rocco en de andere jongens trokken een lang gezicht. En ik juichte. Maar dat bleek een beetje te vroeg.

Leon was niet voor niets de aanvoerder van deze inktzwarte bende. Hij was sluw. Hij stuurde Josje het veld op

'' en nadat ik het geheime
wapen bliksemsnel en
moeiteloos versloeg,
kwam Raban.

Raban de held maakte een hoop
drukte, maar ook hij bleef nog geen
dertig seconden op het veld. Daarna
voelde ik me stukken zekerder. Mijn
knieën knikten niet meer. Ik kon
weer op mijn voeten vertrouwen. En
dat was ook Leons bedoeling. Ik werd
overmoedig. Toen Joeri tegen me
moest, nam ik hem al helemaal niet serieus meer. Waarom
zou ik ook? Ik had Rocco verslagen, en Raban en Josje. Joeri
zou mijn volgende slachtoffer zijn.

Maar Joeri heette Joeri 'Huckleberry' Fort Knox, het eenmans-middenveld, en het lukte niemand om langs hem te
komen. Hoe kon ik dat vergeten? Steeds weer rende ik tegen

hem op, werd door hem aan vier kanten omsingeld en ik verloor elke keer weer de bal. Toen stormde hij weg en – sissende kikkerdril! – had ik het geluk dat Joeri geen al te beste
doelverdediger was. Twee keer verspeelde hij de bal voor het
doel. En toen ik na tien eindeloze minuten toch scoorde, was
ik helemaal kapot.

Ik zakte op mijn hurken en keek hijgend toe hoe Joeri naar
Leon liep en zijn hand in de lucht stak.

'Alles is cool!' riep hij, alsof hij helemaal niet verloren had.
En Leon gaf hem een high five: 'Zolang je maar
wild bent!'

Toen stuurde hij Felix als volgende tegenstander op me af.

'Felix! Hou het gewoon zo lang vol als je
maar kunt!' riep Leon hem na. Hij keek me
daarbij recht in mijn ogen. 'Hij loopt op zijn
tandvlees! En zelfs als het je niet lukt, dan
maakt een van ons hem wel in. Dat beloof ik
je.'

En deze belofte gold nu niet alleen voor Felix, maar ook voor mij. Sissende kikkerdril! Als je eerst vier leden van de Wilde Bende hebt gehad en er nog acht op je wachten, dan hangt elk greintje vermoeidheid als een blok beton aan je been. Je adem begint plotseling te fluiten. Je voeten zijn zwaar. En als dan iemand als Felix tegen je vecht... Felix de wervelwind, dan zit zelfs de wedstrijd van vorige zaterdag nog in je botten.

Maar wat moest ik doen? Wat zou jij hebben gedaan? Had je het opgegeven? Of had je misschien gejammerd dat het niet eerlijk was, onrechtvaardig en gemeen? Nee, dat zou je niet gedaan hebben! Ik weet het zeker. Zoiets doe je niet. Niet midden in een wedstrijd, als je de uitdaging hebt aangenomen. En niet als je denkt dat je op de een of andere manier bij de Wilde Bende hóórt.

Dus ging ik door. En na zeven keiharde minuten ging de nummer 7 astmatisch en verslagen, maar opgewekt van het veld.

Nu kwam Jojo die met de zon danst, en die hield me negen minu- ten lang druk bezig.

Marc de onbedwing- bare deed zijn best als keeper.

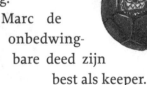

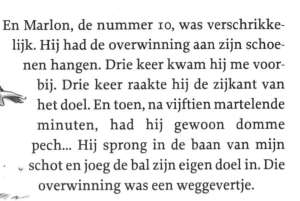

En Marlon, de nummer 10, was verschrikkelijk. Hij had de overwinning aan zijn schoenen hangen. Drie keer kwam hij me voorbij. Drie keer raakte hij de zijkant van het doel. En toen, na vijftien martelende minuten, had hij gewoon domme pech... Hij sprong in de baan van mijn schot en joeg de bal zijn eigen doel in. Die overwinning was een weggevertje.

Ik kon niet meer. Maar Max 'Punter' van Maurik, de man met het hardste schot ter wereld, kwam het veld al op. Met gespreide benen ging hij tegenover me staan en zijn beroemde geluidloze grijns liet me duidelijk zien wat hij van me dacht.

'Je bent heel wat van plan, hè, stijfkop!'

'Wees maar niet bang. Voor jou heb ik nog genoeg, Max Boemm-Boemm!' grijnsde ik. Ik beet mijn tanden op elkaar, sprong op en stuurde hem na een minuut van het veld.

'Yes!' Ik balde mijn vuist. 'Yes! Yes! En nog eens yes!'

Maar als ik daarmee al indruk maakte op Leon of Fabi, hielden ze dat goed voor me verborgen.

'En nu ben ik!' riep de snelste rechtsbuiten ter wereld en hij rende het veld op. Hij ging naast me staan en wachtte onverschillig tot Willie de bal ingooide.

'Ik hoop dat je goed warmgelopen bent,' grijnsde Fabi. 'Want nu gaat het vlug!'

Op dat moment gooide Willie de bal hoog de lucht in en voor ik zelfs maar kon reageren, had Fabi hem al te pakken.

'Dit is pas snel! Spetterende snotneuzen!' lachte hij. Hij nam de bal met zijn hoofd aan, tilde hem over het bierkrat naar zijn helft en zette het op een sprinten.

Ik had geen schijn van kans. Zelfs als ik niet zo moe was geweest had ik Fabian niet bij kunnen houden. Mijn benen waren lood- en loodzwaar. Als ik niet dom achter hem aan wilde lopen, moest ik iets anders verzinnen. En ik geef toe: wat ik toen deed, was niet netjes. Maar het was een noodgeval.

Ik sprong over het bierkrat en ging vlak voor mijn doel staan. Geen voetbal ter wereld zou tussen mijn benen door passen. Nu was Fabi aan zet, nu moest hij iets bedenken om me daar weg te lokken.

Als een dolgedraaide indiaan rende hij om de bierkratten heen.

'Hé, De-heniz!' schreeuwde hij. 'Turkse stijfkop! D-doe iets. Of durft de kleine De-heniz misschien niet?'

Ik balde mijn vuisten. Zoiets zei niemand tegen me zonder ervoor te boeten. Mijn voeten trilden. Ze wilden met Fabi afrekenen. Maar mijn hoofd hield ze nog even tegen. 'Nee! Pas op! Maak geen fouten. Als je niets doet, krijgt hij pas goed de zenuwen!' schoot het door mijn hoofd. En ik bleef staan.

Fabi rende als een gek heen en weer en zocht tevergeefs naar een opening. Toen probeerde hij het met geweld.

Twee, drie keer schoot hij van twee meter afstand de bal tegen mijn benen. Toen schatte hij de afstand voor de vierde keer. Het schot dat nu kwam, had zo van Max 'Punter' van Maurik geweest kunnen zijn.

De bal kwam precies in de opening tussen mijn benen terecht en daar bleef hij steken.

Een fractie van een seconde was ik perplex. Fabi hield zijn buik vast van het lachen, toen hij me voor de bierkratten zag staan met die bal tussen mijn knieën!

'Hé jongens, moet je zien! Deniz heeft een voetbal gelegd!' riep hij.

Maar het lachen verging de Wilde Bende algauw, want op dat moment sprong ik op. Met de bal tussen mijn knieën maakte ik een achterwaartse handstand-overslag over de bierkratten. En ik schoot de bal aan Fabians kant in het doel.

Sidderende kikkerdril! Gelukt!

Fabi's lachen verstomde en Leons gezicht versteende. Woedend deed hij een stap naar voren en keek me recht in mijn ogen.

'Waar wacht je nog op?' fluisterde ik. 'Kom eindelijk eens het veld op. Dan kun jij ook verliezen, net als je vriendje!'

Leon haalde zijn schouders op en balde zijn vuisten, maar hij kon zich net zo goed beheersen als ik. 'Zoveel talent heb jij niet,' zei hij droog. 'Vanessa! Jouw beurt! Of weiger je tegen een meisje te spelen, Deniz? Ik weet niet hoor, misschien is ze te goed voor je. Van mij heeft ze in elk geval al een keer gewonnen.'

Ik zei geen woord. Ik ging naast het meisje op het veld staan en toen haar schouder even de mijne raakte, schoot het bloed omhoog tot in mijn haarwortels. Sissende kikkerdril! Die Vanessa was niet alleen onverschrokken. Ze was ook nog eens een mooie meid!

Ze rende weg, en haar roodbruine haar wapperde achter haar aan. Stomverbaasd keek ik toe. Willie gooide de bal in. Ze plukte hem uit de lucht en schoot hem naar mijn doel.

Alle brakende beren! Ik leek wel gehypnotiseerd! Net op tijd werd ik wakker. Ik wierp me in de baan van haar schot en barricadeerde het doel. Precies zoals ik tegen Fabi gedaan had. Ik was weer klaarwakker! Nu moest ze komen. Maar Vanessa dácht er nog niet aan. Ze was uitgekookt. Twee meter voor me klom ze op de bal en bleef gewoon staan.

'Ik heb al een keer tussen je benen door geschoten!' grijnsde ze vrolijk. 'Wedden dat me dat nu weer lukt?'

'Wedden is voor gekken,' zei ik terwijl ik mijn spieren spande.

'Ben je soms bang?' riep ze spottend.

'Vergeet het maar!' antwoordde ik. 'Ik kom niet van mijn plek!'

Maar mijn benen protesteerden. Ze wilden haar een lesje leren. Vanessa wist precies wat ze deed. Ze sprong van de bal en gaf hem een stootje. Hij rolde naar voren en bleef precies tussen ons in liggen.

'Dan ben je dus bang!' zei Vanessa met een lief stemmetje. Ze klonk als een met honing overgoten schorpioen. 'Jammer. Ik dacht echt even dat je wel bij de Wilde Bende paste!' Ze keek me afwachtend aan. Twintig seconden lang hield ik haar blik vast.

'Oké! We wedden!' siste ik en ik stormde op hetzelfde moment richting bal.

Vanessa reageerde bliksemsnel. Ik kon haar beweging alleen maar raden. In elk geval sprong ze met haar rechter-been voor, en met de neus van haar schoen loodste ze de bal op een of andere manier tussen mijn benen door het bierkrat in.

Ik kon het gewoon niet geloven. Ik, Deniz, de overwin-naar, de toekomstige beste nummer 9 ter wereld, was geklopt door een meisje. Totaal uitgeput en sprakeloos zakte ik op mijn knieën.

Leon en Fabi stappen eruit

Een half uur na mijn nederlaag tegen Vanessa had ik nog geen vin verroerd. Ik zat op mijn knieën op het gras en keek naar wat er ongeveer tien meter verderop voor het stalletje gebeurde. Daar had de Wilde Bende zich verzameld om over mij te vergaderen. Maar de discussie veranderde algauw in een heftige ruzie.

'Stemmen? Waarom?' riep Leon. 'Ik heb het toch al duizend keer uitgelegd! We zijn al met zijn twaalven en elke man die daar nog bij komt, is er een te veel.'

'Precies!' stemde Fabi in. 'Als jullie Deniz erbij nemen, zit een van jullie nog vaker op de bank.'

'Een van ons?' vroeg Marlon verbaasd. 'Laat me niet lachen. Deniz hoort in de voorhoede. Hij speelt voor Leon, of voor jou op rechtsbuiten, Fabi!'

'Ja, en volgens mij doet hij dat ook onwijs goed,' voegde Vanessa eraan toe.

Fabi werd vuurrood. 'Ja, hoor. Tegen jou heeft hij toch net verloren! Willen jullie een jongen in het team die van een meisje verliest? Het moet niet veel gekker worden!'

Vanessa's ogen werden spleetjes. 'O nee?'

'Zeker weten!' schoot Leon zijn beste vriend Fabi te hulp.

'Oké! Jullie hebben het allemaal gehoord!' zei Vanessa. 'En als dat zo is, moeten ook Fabi en Leon uit het team. Ik heb op mijn verjaardagstoernooi toch van allebei gewonnen?'

Nu werd het doodstil. Leon en Fabi keken naar Willie, maar die zei zoals altijd niets. Hij was heel anders dan de trainer van FC Quick. Voor Bokma waren we machientjes die hij van een afstand wilde besturen. Maar Willie luisterde alleen maar oplettend en hij nam iedereen serieus. Wat er ook werd gezegd. Iedereen had recht op een eigen mening. Daarom wachtte hij nu op de volgende die iets te zeggen had. En omdat niemand meer iets zei, stond hij op, liep naar zijn stalletje en haalde voor iedereen cola. Behalve natuurlijk voor mij.

'Ik denk dat Vanessa gelijk heeft,' zei Marlon na een poosje. 'Deniz is hartstikke goed en hij zou het team echt sterker maken.'

'Mee eens!' zei Felix vlug. 'Als we hem wegsturen, alleen maar omdat we bang zijn, is dat hartstikke stom!'

'Laat me niet lachen!' grinnikte Leon. 'Jullie denken toch niet echt dat ik bang ben voor die jongen?'

'Niet voor die jongen,' zei Rocco droog. 'Maar voor wat hij kan.'

'Oké! Ik snap het al!' Leon stond op. 'Jullie vinden dus allemaal dat hij beter is dan wij? Beter dan Fabi en ik?'

Hij kookte van woede en Fabi was al even razend toen hij naast hem kwam staan. 'Waarom spelen jullie dan niet met hem?' zei hij.

'Precies,' viel Leon hem bij. 'Maar als *hij* komt, zijn wij alle twee weg.'

KLABAMMM!

Als de klap van een gigantische bijl overstemde deze zin elk geluid. Het werd doodstil, zoals het alleen in het grootste gevaar stil kan zijn. En het bloed klopte in onze oren. Ja, in ónze oren. Ook bij mij. Dit had ik niet gewild. Dit had niemand gewild. Wat was de Wilde Bende zonder Fabi en Leon?

Zij waren de Gouden Tweeling, zij waren een counter-vloedgolf. Ze waren misschien wel de wildsten van de hele Wilde Bende. Zij hadden het team zo ver gebracht. Zonder Leon hadden ze nooit van Dikke Michiel gewonnen toen hij de Duivelspot wilde inpikken. En Fabi had zo veel goede ideeën gehad. Zonder hem zouden ze allang levend begraven zijn onder bergen huisarrest en voetbalverbod. Zonder Fabi hadden ze nooit het geld voor de shirts gekregen. En die shirts waren absoluut noodzakelijk geweest voor de wedstrijd tegen Ajax. En dus ook om Rocco bij de Wilde Bende te halen.

Dit hoorde ik allemaal pas later. Maar het hing op dit moment in de lucht. Dat voelde ik en ik hield het niet langer uit. Ik wilde niet dat de Wilde Bende ruzie had door mijn schuld. Daarom stond ik op en liep naar mijn tas. Ik trok mijn gewone schoenen aan, begroef me in het veel te zware motorjack van mijn opa en rende weg. Met mijn ogen strak op mijn voeten gericht draafde ik langs Willies stalletje. Ik wilde weg uit de Duivelspot.

Maar Raban versperde me de weg. Hij keek me door zijn bril met de jampotglazen recht aan. Zijn ogen waren zo groot als die van Donald Duck! Hij zag eruit als een clown. Maar wel een trotse, dappere clown.

'We laten ons niet chanteren!' zei hij en hij wierp een vastberaden blik op Leon en Fabi.

Toen trok hij twee flesjes cola van achter zijn rug tevoorschijn. Hij gaf er eentje aan mij, klonk met zijn flesje tegen het mijne en we dronken.

'Alles is cool!' glimlachte Raban en hij voegde er met een ernstig gezicht aan toe: 'Zolang je maar wild bent!'

'Zo-la-hang je maar wild bent!' herhaalde ik lachend en ik goot een scheut cola over mijn hoofd.

Sissende kikkerdril! Het was me toch nog gelukt. Ik mocht bij de Wilde Bende!

Langzaam kwamen ze nu op me af. Langzaam, maar niet aarzelend, nee, vol overtuiging klonken ze met hun flesjes tegen het mijne. Ook Willie.

'Alles is cool zolang je maar wild bent!' De flessen rinkelden tegen elkaar en niemand lette op Leon en Fabi. Die wachtten nog een paar seconden. Toen pakten ze hun spullen, slingerden ze op hun fiets en reden voor altijd en eeuwig weg uit de Duivelspot.

De laatste kans

Op de terugweg in de tram hield ik de eerste Wilde Bende-cola van mijn leven stevig in mijn hand. Ik was zó blij.

Om duidelijk te maken hoeveel deze cola voor me betekende, maakte ik het etiket met een viltstift zwart. Diepzwart! En alsof het de wereldcup was, wikkelde ik het flesje voorzichtig in mijn voetbalspullen en stopte het in mijn tas. Het ging fantastisch met me. Ik was vergeten dat ik gespijbeld had. Ik was vergeten dat ik juf Hendriks voorgelogen had. En ook dat ik tegen de wil van mijn vader bij de Wilde Bende was geweest.

Bij de goede halte stapte ik uit.

Buiten was het donker geworden, en ik herkende de straten niet meer. De opritten naar de huizen kwamen als zwarte gaten uit de mist tevoorschijn en bij elk geluid keek ik geschrokken om. De stappen die me volgden waren de stappen van boeven en schurken.

Ze zaten allemaal achter me aan. Achter Deniz de Turk, de locomotief op het voetbalveld, die vanmiddag gespijbeld had.

Ik hoorde haar achter me lopen, die gemene juf Hendriks op haar hoge hakken. Zeker van haar overwinning stapte ze achter me aan. Ik keek nog even om. Was het juf Hendriks of...? Wegwezen en zo snel mogelijk!

Zo hard ik kon ging ik ervandoor. Maar na tien stappen

botste ik ergens tegenaan. Het bleek de borst te zijn van iemand die sprekend op Bokma leek, de machtige trainer van FC Quick. Hij pakte me bij mijn ellebogen en tilde me op tot aan zijn kale hoofd dat op een vulkaan leek. Hij deed zijn mond open. Wat wilde hij van me? Gelukkig kwam er iemand van links, als een grote zwarte schaduw.

De zwarte Sarzilmaz, de grote heerser. Hij floot Frederik Bokma terug. 'Laat hem los! Die is van mij!' zei Sarzilmaz koud en opeens was hij mijn vader. Daar stonden ze met zijn drieën: mijn vader, juf Hendriks van school en Frederik Bokma van FC Quick. Mijn vader bedankte ze hartelijk voor hun hulp.

Ze hadden meer dan twee uur naar me gezocht. Ze waren erg ongerust geweest, nadat ik door het wc-raam op school was verdwenen. Maar nu was alle angst voorbij. Hun angst, bedoel ik natuurlijk. Mijn angst bekroop me nu pas. En mijn vader gaf die angst alle tijd van de wereld, zodat hij goed op me in kon werken.

Zonder een woord te zeggen liepen we naar huis. Daar zette hij me als een ter dood veroordeelde voor de tafel in de huiskamer.

Mijn ouders zaten voor me en keken me aan. Steeds weer streken ze met hun hand door hun haar.

'Waarom, Deniz? Waarom?' vroeg mijn vader. En mijn moeder voegde eraan toe: 'Het mocht niet, dat weet je toch.'

'Ja, ja, dat weet ik,' antwoordde ik aarzelend. 'Maar ze he-hebben me vandaag aa-haangenomen. Het was keihard werken. Ik moest van iedereen winnen.'

'Dat is geen antwoord op mijn vraag!' zei mijn vader en hij keek me nog strenger aan.

'Jawel. Da-hat is wel het antwooord,' protesteerde ik en ik doorstond zijn boze blik. 'Bokman was altijd gemeen. Daar voelde ik me rot. Maar vandaag... Het is m-m-me gelukt. Ik ben helemaal al-ha-leen naar hun training gegaan. Ik heb van bijna alle jongens van de Wilde Bende gewonnen en ik mag in het team. Ook al wilden ze dat eerst niet allemaal. Ik ben echt lid geworden van de Wilde Voetbalbende.'

Mijn ouders keken elkaar aan, en hun ogen lichtten op in hun strenge gezichten. Ik denk dat ze ondanks alle zorgen en woede ook wel een heel klein beetje trots waren.

'Ma-ham! Papa! Alsjeblieft. De Wilde Bende is het beste voetba-halteam van de wereld.'

Een glimlach speelde om mijn vaders mond. Heel kort maar, toen verdween hij weer.

'Ondanks dat,' zei hij, 'moet ik je straffen. Je hebt gespij-beld. Je hebt gelogen tegen mevrouw Hendriks en je hebt je absoluut niet gestoord aan mijn verbod.'

'Nee. Maar dat met juf Hendriks was maar een truc. Dat zeg jij toch altijd. Als je klein bent, mag je de groten met een truc te slim af zijn. En ik heb niet echt gelogen! Het was een truc.'

Mijn vader schudde zijn hoofd. Hij haalde een hand door zijn haar en trok er zo hard aan dat het pijn deed. Dat deed hij omdat hij anders was gaan lachen, dat zag ik!

'En met jou kon ik helemaal niet praten. Je luistert toch niet,' voegde ik er nog snel aan toe.

'Toch,' zei mijn vader, 'moet je straf krijgen. De volgende drie weken poets jij alle voetbalschoenen, oké? Niet alleen de jouwe, maar ook die van Boran en Tolgar.'

Ik slikte. Dit was echt hard.

Niet dat schoenen poetsen, dat bedoel ik niet. Ik heb het over mijn broers. Die zouden er echt van genieten. Ze zouden me hun schoenenpoetser noemen, hun knecht, hun slaaf. En ze zouden het aan iedereen vertellen. Aan de andere kant kwam ik er eigenlijk heel goed van af. Ik mocht blij zijn.

Mijn vader plukte nog steeds aan zijn haar en toen schetste hij wat er zou gebeuren als ik hem nog een keer teleurstelde. 'Laat het duidelijk zijn,' besloot hij. 'Als je ook uit dit elftal wordt gegooid is het afgelopen. Dan is voetbal voor jou over en uit.'

Ik hield mijn adem in. Dat moest ik even verwerken. Dat was schrikken! Voor mijn ouders was voetbal alles. Ik heb je toch over mijn tas verteld en over wat mijn vader van me verwachtte? Hij was er zo van overtuigd dat ik het wel zou redden. Zoals mijn opa het ook gered had. Die had het tot de Turkse voetbaltop geschopt. Trouwens, zijn motorjack was echt veel te groot en zwaar voor mij.

Nee! Als ik met voetbal moest stoppen, hoorde ik niet meer bij mijn familie. Dan lag ik eruit. Ik slikte. Maar ik accepteerde de voorwaarde van mijn vader wel.

'Maar dan heb ik nog een vraag,' waagde ik te zeggen. 'Wil jij alsjeblieft naar Bokma gaan, papa? Ik heb mijn spelerspas nodig. Misschien heeft ma-hama tijd om naar de bond te gaan, dan zetten ze die pas om? Het is denk ik meteen klaar. Dan mag ik al bij de volgende wedstrijd van de Wilde Bende meedoen.'

Mijn ouders hielden zich aan de rand van de tafel vast, alsof ze zich anders op me zouden storten.

'Alsjeblie-hieft... Ze he-hebben me toch nodig,' zei ik zachtjes. En toen voegde ik er met een grijns aan toe: 'Vanwege mij hebben ze Leon en Fabi uit het team gezet. Zo belangrijk ben ik!'

'En nu naar bed, jij!' riep mijn vader. Maar hoe streng het ook klonk, hij was verschrikkelijk trots op me.

De Wilde Voetbalbende V.W.
tegen de Amstelleeuwen

Mijn vader en moeder stelden me niet teleur. Ze deden alles wat ik vroeg. Ik kreeg mijn spelerspas en ook op de training ging alles goed. In het begin was de stemming in de Duivelspot wat minder, omdat Leon en Fabi niet kwamen. Maar de jongens van de Wilde Bende bleven bij hun besluit. Zelfs de aanvoerder mocht het team nooit chanteren, hoe goed of belangrijk hij ook was.

Maar op zaterdag was dit allemaal vergeten. Toen speelden we tegen de Amstelleeuwen. En dat – sissende kikkerdril! – moest een doelpuntenkermis worden. De Amstelleeuwen stonden onderaan in de E. Ze hadden nog geen enkel doelpunt gescoord en als wij ze vandaag met twaalf-nul inmaakten, stonden we op de tweede plaats. Dan maakten we nog kans op het herfstkampioenschap. Dat legde mijn vader me steeds opnieuw uit, toen hij met mijn moeder en mij naar de Duivelspot reed.

Het was een warme dag in oktober en het grote motorjack van mijn opa was veel te warm. Ik was blij toen ik het in de Duivelspot eindelijk kon uittrekken. Voor het eerst liep ik in het inktzwarte shirt het veld op. Met het logo van de Wilde Voetbalbende op mijn borst. Alleen was de rug van mijn shirt nog leeg. Er stond geen nummer en ook geen naam op, maar dat zou vast snel veranderen. Daar was ik van overtuigd. Mijn proeftijd was al voorbij. Daarvoor durfde ik mijn voeten in het vuur te steken. En je weet hoe belangrijk die voor me zijn.

Willie riep ons bij elkaar en vertelde ons de opstelling. Marc de onbedwingbare stond natuurlijk in het doel. Joeri 'Huckleberry' Fort Knox, Max 'Punter' van Maurik, de man met het hardste schot ter wereld, en Marlon de nummer 10 regeerden het middenveld. Als spitsen stonden opgesteld: Felix de wervelwind, Rocco de tovenaar, en ik.

Ik keek naar Willie en glimlachte trots. Willie had zijn streepjespak aan en dat was nogal gekreukt. Niemand had het voor hem gestreken omdat hij vorige week het laatst bij de boomhut Camelot was aangekomen. En dus had Willie ook nog moeten afwassen. Maar Willie dacht niet aan zijn gekreukte pak. Hij had andere zorgen.

'Deniz!' riep hij, terwijl hij de klep van zijn honkbalpet naar achteren schoof. Hij fronste zijn wenkbrauwen. 'Deniz, je moet vandaag héél erg je best doen. Je speelt voor twee man: voor Fabi en Leon. Die twee konden met elkaar lezen en schrijven. Ze wisten altijd van elkaar wat ze deden. Dat moet jij vandaag met Rocco en Felix proberen. Daarom is het erg belangrijk dat je de bal afgeeft!'

Ik knikte zonder aarzelen. Natuurlijk wilde ik dat en daarom vergat ik de mist die nog altijd om me heen hing.

Toen was het zover.

Vanaf dat moment was Wille niet meer onze trainer, maar werd hij de scheidsrechter. Nu hing alles van onzelf af. Maar dat was de Wilde Voetbalbende gewend. We vormden een kring en legden de armen om elkaars schouders. Marlon, de aanvoerder, telde langzaam tot drie.

'Eén, twéé, dríé!'

'RAAAHHH!' klonk toen de schreeuw die iedereen door merg en been ging.

De tegenstander kromp geschrokken ineen en bij de aftrap waren ze nog steeds niet helemaal van de schrik bekomen. De midvoor struikelde over de bal. Het volgende moment was ik er al. Ik had de bal en ging er recht mee op het doel van de tegenstander af.

De verdediging van de Amstelleeuwen stond er wat beteuterd bij. Ik had ze totaal overrompeld met mijn aanval. Toen schoot ik vanaf tien meter de bal in de bovenhoek.

Een-nul! Ik gooide mijn armen in de lucht en rende regelrecht naar de vip-lounge bij Willies stalletje. Daar sprongen mijn ouders van hun stoel en sloegen enthousiast hun armen om me heen.

'Wi-hi-hillie!' riep ik overgelukkig. 'Dat was de eerste van de twaalf!'

Maar Willie vertrok geen spier. Hij was nu scheidsrechter, niet onze trainer. Hij keek me alleen maar nadenkend en bezorgd aan. Ook bij twee-nul, weer door mij, keek hij niet blij. En bij mijn derde solo begreep ik ook waarom.

De Amstelleeuwen waren van hun verbazing bekomen en hun trainer had me meteen doorzien.

'Pak die hanenkam, mannen!' riep hij. 'Hij geeft de bal niet af!'

En dat deden zijn spelers toen ook. Met zijn drieën versperden ze me de weg. Als ik iemand gezien had, zou ik gepasst hebben. Dat zweer ik je. Rocco en Felix stonden moederziel alleen voor het doel. Eén pass van mij en ze hadden gescoord. Maar ik keek naar mijn schoenen en liep me vast.

Ik verloor de bal en nu vielen de Amstelleeuwen aan. Ze stonden onder aan de ranglijst. Maar ze waren ook ongeveer een jaar ouder dan wij. We speelden tegen een E. Deze jongens waren allemaal groter en sneller dan wij en daar werd keihard gebruik van gemaakt. De tegenaanval, die op mijn balverlies volgde, leidde tot een doelpunt. Twee-een was het nu.

Rocco nam het heft in handen. Hij riep me naar de middencirkel en schoof de bal naar mij. Ik moest naar Marlon terugspelen, terwijl Felix en hij de ruimte in renden om zijn pass aan te nemen. Ze wilden in de rug komen van de verdedigers van de Amstelleeuwen. Maar ik kon Marlon niet zien. Ik zag alleen maar mist. Ik wist niet wat ik moest doen en hield de bal veel te lang. De spits van de Amstelleeuwen pakte hem van me af. Bij de volgende aanval van de tegenstander werd het twee-twee.

'Krabbenklauw en kippenkak!' riep Joeri woedend. 'Waarom geef je niet af, sukkel?'

Het bloed vloog tot in mijn haarwortels en zoog de kleur uit mijn hanenkam. Ik werd zo rood dat mijn haar erbij verbleekte en ook mijn vader en moeder schaamden zich nu voor me.

Sidderende kikkerdril! Dit wilde ik niet, en dus ging ik er helemaal voor. Ik was overal, voor en achter. Bij de volgende aanval van de Amstelleeuwen sprong ik in de baan van de bal. Ik hoorde niet hoe Joeri nog schreeuwde: 'Nee, Deniz, niet doen! Ik heb hem al!'

Ik hoorde hem niet, en daarom sprong ik niet alleen voor de bal. Ik sprong ook tegen Joeri aan, en ramde met mijn noppen zijn rechterbeen. Joeri viel kermend op de grond. Hij greep naar zijn knie en schreeuwde tegen mij: 'Achterlijke Turk! Heb je stront in je ogen, of zo?'

Max en Marlon droegen hem het veld af. Joeri 'Huckleberry' Fort Knox kon niet doorspelen. Ik had hem knock-out geslagen. En omdat het eenmans-middenveld door niemand te vervangen was, lagen we bij de rust al met drie-twee achter.

De Wilde Bende kwam bij elkaar voor Willies stalletje, maar ik durfde er niet heen. Onder het zonnescherm wachtten mijn ouders en ik voelde hun boze blikken. Daar veranderden de aardige dingen die mijn moeder zei om mij moed in te spreken, niets aan.

'Deniz, kom op, jullie redden het heus wel! Je hebt goed gespeeld. Hè, Willie? Deniz heeft toch twee doelpunten gescoord!'

Maar wat ze zei, had dezelfde uitwerking als haar ogen. Drukkend en zwaar, net als het motorjack van mijn opa. En in plaats van bij mijn team te gaan staan, ging ik een eindje verderop in het gras zitten. Ik schaamde me verschrikkelijk. En toen Willie floot voor het begin van de tweede helft zei ik alleen maar: 'Wi-hi-hillie, ik wil niet meer.'

Waar kan ik heen?

De tweede helft tegen de Amstelleeuwen was een marteling. Willie had zwijgend geaccepteerd dat ik niet meer wou spelen. Ik zat nu machteloos toe te kijken hoe we van de kneusjes verloren.

Vanessa, de onverschrokkene, speelde voor mij als rechtsbuiten en Jojo, die met de zon danst, kwam in plaats van Felix op links. Ze speelden goed. Vanessa en Rocco maakten allebei een doelpunt, maar de Amstelleeuwen bleven ons voor.

Josje van zes, ons geheime wapen, kon zijn broer Joeri nooit vervangen. De Amstelleeuwen vochten inderdaad als leeuwen. Toen het zeven-vier voor hén was, sloop ik stilletjes weg. Ik liet alles achter. Zelfs mijn sporttas en mijn motorjack nam ik niet mee. Op mijn voetbalschoenen en in mijn shirt van de Wilde Voetbalbende kroop ik door een gat in de schutting en rende weg.

Op de markt zag ik Dikke Michiel en zijn Onoverwinnelijke Winnaars. Ze waren klaar met hun werk in de grote bloembakken en zaten wat te suffen in de zon. Maar toen ik aan kwam rennen, deden ze hun ogen open.

'Nou, wat heb ik gezegd?' rochelde Dikke Michiel. 'Die hufters blijven als kauwgum en hondenstront aan je voeten plakken!'

En op datzelfde moment trapte ik in een drol. De monumentale Chinees schaterde het uit en hij lachte nog steeds toen ik in de tram wegreed.

Thuis wist ik opeens niet meer waar ik heen moest gaan. Wat had ik thuis nog te zoeken? Ik was gevlucht uit het team. Dat was duidelijk. Ik was weggerend en had hun oordeel niet eens afgewacht. Ze waren vast al naar Fabi en Leon om hun te smeken terug te komen. Om mij zouden ze alleen maar lachen. Een paar weken lang zouden ze zeggen: 'Weet je nog, De-he-heniz, die blinde Turk? Alle kippenklauwen! Zelfs Raban en Josje zijn beter dan hij.'

Zo zouden ze over me praten en al snel zouden ze me vergeten. En ook voor mijn ouders zou ik een nul zijn. Dat had mijn vader toch gezegd: dan is voetballen voor jou over en uit! En voor hem en mijn moeder is het voetbal van hun jongens het allerbelangrijkste.

Dus wat moest ik thuis nou nog? Weet jij het? Denk je dat mijn vader het goed zou vinden als ik vanaf nu ging mini-golfen? Sidderende kikkerdril! Mooi niet! Daarom ging ik niet naar binnen, maar liep ik langs ons huis. Ik pakte de sleutel die aan een touwtje om mijn hals hing. Ik trok hem over mijn hoofd en gooide hem met mijn ogen dicht heel ver weg. Toen liep ik naar het speeltuintje op de hoek en ver-stopte me onder de glijbaan. De laatste keer dat ik hier zat, was meer dan vijf jaar geleden. Toen was ik net vijf gewor-den.

De bril met de jampotglazen

Tegen zevenen werd het donker en heel koud. Tenminste, voor iemand die alleen maar een voetbalshirtje aanheeft. Om negen uur begon het te regenen. De grond onder de glijbaan veranderde in een ijzige modderpoel. Maar het kwam niet in me op om weg te gaan. Ik trilde met mijn voet zodat m'n been begon te bibberen. Want dat helpt, denk ik, als je aan het verdrinken bent. Of als je niet meer weet wie je bent. Dan helpt het als je je ogen dichtdoet en voelt of ergens nog iets trilt, en wáár. Want dan kun je weer helder denken. Tenzij je er verslaafd aan bent. Aan dat trillen en beven bedoel ik. Dan is het te laat. Dan kun je niet meer zonder en raak je jezelf helemaal kwijt. Dan maakt het ook niet meer uit waar je bent. Dan is een plas onder de glijbaan misschien wel de beste plek.

Maar zo ver was het nog lang niet. Iets in me bleef helder en opeens deed ik mijn ogen open. Als een tijger in de jungle die wakker schrikt, spiedde ik in de mist die altijd om me heen hing. Ik werd zenuwachtig. Ik werd bang. Ik schaamde me zelfs een beetje. Maar ik had niet genoeg kracht om op te staan. En toen kwamen ze al. Als samoerai kwamen ze te-voorschijn uit de mist en liepen trots naar me toe.

Ik fronste mijn wenkbrauwen. Ik wist niet of ik bang moest zijn, en eigenlijk maakte dat ook niet uit. Ik kon toch niet meer wegrennen. En bovendien, de zwaardvechters

66

zagen er vriendelijk uit. Ze wilden me helpen. En zelfs als het duivels uit de hel waren, ze kwamen speciaal voor mij.

Toen lieten ze hun gezicht zien. Als eerste herkende ik Marlon in het licht van de straatlantaarns. Rechts van hem volgde Raban. Aan de linkerkant Vanessa en toen stond plotseling de hele Wilde Bende om me heen.

Ik werd wakker. Mijn trots en mijn eergevoel waren terug en ik sprong geschrokken overeind. Maar ik dacht even niet aan het glijbaantje boven me en stootte keihard mijn hoofd.

'Benggg! Hij is het inderdaad!' grijnsde Josje. 'Deniz, stijfkop, doet het pijn?'

Ik wreef over mijn bult. 'Wa-hat willen jullie van me?' vroeg ik boos. 'En hoe weten jullie eigenlijk dat ik hier ben?'

'We mogen je wel.' Marlon haalde zijn schouders op. 'En we hadden het erover wat wij zouden doen als we jou waren en het met ons zo fout was gegaan.'

'Hoezo fout!' riep ik boos. 'En waarom zouden jullie mij mogen? Ik kan mezelf prima voor de gek houden. Daar heb ik jullie niet voor nodig!'

'Ja, dat zie ik!' zei Vanessa met een grijns. 'Daarom zit je hier. '

'Weet je wa-hat jij kunt doen?' riep ik.

'Ja, en dat kun je zelf ook,' snoerde Raban me de mond. 'Verbeeld je maar niks! Het is heus niet zo gek dat je hier onder die glijbaan zit. We hebben allemaal wel zo'n plek. Ik verstopte me altijd in de prullenmand van mijn moeder. Maar als ik dat nu probeer, kom ik niet verder dan m'n kont. En dat zou er net zo stom uitzien als hoe jij hier nou zit. Snap je?' Raban glimlachte naar me en op een of andere manier moest ik wel terug glimlachen.

'Wil je niet weten hoe de wedstrijd afgelopen is?' vroeg Felix.

Ik keek hem verrast aan en mijn glimlach verdween weer.

'Jullie he hebben verloren,' mompelde ik somber. Ik kroop weer terug onder de glijbaan.

'Dat klopt,' antwoordde Felix. 'We hebben verloren. Maar het scheelde weinig. Het werd acht-zeven voor de Amstelleeuwen, om precies te zijn.'

'Zie je wel, dat zei ik toch,' fluisterde ik. 'Het herfstkampioenschap kunnen we wel vergeten.'

'Mis!' zei Marlon grinnikend. 'De nummer één heeft tegen de Baarsjes gelijkgespeeld. En als wij van ze winnen, kan het bij de laatste wedstrijd tegen de Valkeniers nog alle kanten op.'

'Maar hoe willen jullie dan van de Baarsjes winnen?' vroeg ik somber.

'Met jou,' antwoordde Vanessa. 'Met wie anders? Met jou samen zouden we vandaag ook hebben gewonnen.'

Ik keek haar aan alsof ze net beweerd had dat ik Alibaba én de veertig rovers in hoogsteigen persoon was.

'Ma-haar ik geef de bal toch nooit af,' protesteerde ik.

'Nou en? Dat kan veranderen,' was Marlons weerwoord.

'Nee, dat kan niet,' counterde ik. Ik voelde de tranen in mijn ogen prikken. 'Het ligt niet aan de training. Het is ook niet zo dat ik het niet wil... Het komt doordat...'

Nee. Ik kon en wilde het echt niet zeggen.

'Nou?' vroeg Marlon en hij ging voor me op zijn hurken zitten.

Ik schudde heftig mijn hoofd.

'Raban! Kom eens even hier,' zei Marlon en Raban was er meteen.

De tranen liepen nu over mijn wangen. 'La-haat me nou maar,' smeekte ik.

'Waarom? Alleen vanwege die stomme mist?' vroeg Raban

en deed zijn bril af. 'Zonder bril heb ik dat ook. Ik ben zowat blind.'

'Ja, maar jij bent Ra-haban de h-held! Bij jou maakt dat toch niets uit,' zci ik tegen Raban. 'Ik moet de beste nummer 9 worden van de he-hele wereld. Dat moet van mijn va-hader. En heb jij ooit een centrumspits gezien met zo'n jampotbril?'

Raban schudde zijn hoofd en staarde teleurgesteld naar de grond. Hij zei niets meer.

Sidderende kikkerdril! Waarom deed ik zo rot tegen hem? Maar Vanessa gaf het nog niet op.

'Ik weet het niet. Ik zou een centrumspits mét bril die de bal wél afgeeft in elk geval beter vinden,' zei ze vriendelijk maar ernstig. 'Mag ik je bril even, Raban?'

Dat mocht. Voorzichtig zette ze Rabans bril op mijn neus.

'Dan zou het me ook niks uitmaken of hij een jampotbril

had,' glimlachte ze en – sidderende kikkerdril – die glimlach zag ik nu voor het eerst scherp. Alle brakende beren! Vanessa was leuk! Opeens wilde ik alleen nog maar de Baarsjes verslaan voor de Wilde Bende. Blij pakte ik Vanessa's hand. Ik trok me op zonder mijn hoofd te stoten en kroop onder de glijbaan uit. Marlon stond ook op.

Ik ging naast Vanessa staan, rekte en strekte me en voelde me een stuk beter. Ik haalde diep adem en keek om me heen. De mist was verdwenen. Ik kon meer dan vijf meter om me heen zien. Ik zag zelfs de straat nog, bijna vijftig meter van me vandaan, en ik zag mijn ouders. Ze stonden op de stoep en staarden me aan.

Zo leek het in elk geval. En op hetzelfde ogenblik schoot alles me weer te binnen.

'Nee! Het kan niet.' Ik schudde mijn hoofd. 'Ik moet stoppen met voetbal. Dat zei mijn vader: als ik nog één keer weg zou lopen, was voetballen over en uit voor mij.'

Ik keek mijn vrienden wanhopig aan. Ja, man, dat waren ze nu. Echte vrienden. Vrienden zoals ik nog nooit had gehad en die naar mij toe gekomen waren, hoewel ze door mijn schuld verloren hadden van de kneusjes van de competitie. Ze stonden nu achter omdat ík de bal niet afgegeven had. En ze hadden dat niet meer kunnen inhalen toen ik ervandoor was gegaan.

Waarom was het leven zo onrechtvaardig? Waarom was op het moment dat je alles leek te hebben, alles meteen ook weer voorbij?

Mijn ouders kwamen nu mijn kant op. Een paar bonkende hartslagen lang wenste ik de Wilde Bende naar de maan, en mezelf terug onder de glijbaan.

Maar toen ging Raban naast me staan.

'Dampende kippenkak!' riep hij en sloeg een arm om mijn

schouders. 'Waar wachten jullie nog op? Deniz heeft ons nodig!'

'Ja, Raban heeft gelijk!' riep Vanessa. Ze ging aan de andere kant naast me staan. Daarna volgden Marlon, Rocco, Max, Joeri, Jojo, Marc en Felix en als laatste wurmde Josje zich tussen Vanessa en mij in. We legden onze armen om elkaars schouders en toen mijn ouders bij ons waren, stonden we als een muur voor hen.

'Meneer en mevrouw Sarzilmaz? Goedenavond,' nam Marlon als aanvoerder het woord.

'We willen u iets belangrijks vertellen,' voegde Vanessa eraan toe. Raban grijnsde alleen maar.

'Weet u, Deniz is helemaal niet weggerend.'

Mijn ouders keken van Marlon naar Vanessa, naar Raban en toen naar mij. Naar mij met mijn hanenkam en die jampotglazen op mijn neus. Ik leek wel een clown. Een clown in een kletsnat voetbalshirt.

'Dat zic ik anders,' zei mijn vader. Het klonk hard.

'Ja, maar toch,' zei Felix. Felix de wervelwind. João Ribaldo, de Braziliaanse voetbalgod, had voor Felix het magische rugnummer 7 uitgezocht. 'Toch willen we dat Deniz bij ons blijft. Ook als hij nog niet de beste nummer 9 van de wereld is. En ook als dat nog een paar jaar duurt.'

Mijn moeder slikte ontroerd en mijn vader schuifelde verlegen met zijn voeten. Hij kuchte een paar keer, maar kreeg het brok gewoon niet uit zijn keel.

'Deniz, gaat het wel goed met je vader?' vroeg Josje aarzelend.

'Of doen ze in Turkije altijd zo als ze het ergens mee eens zijn?' grijnsde Joeri, zijn oudere broer.

Ik schoot in de lach, ondanks mijn tranen. Ik rende naar mijn ouders en sloeg mijn armen om hen heen.

'Papa! Ik moet een bril met jampotglazen,' zei ik lachend. 'Als ik bij de Wilde Bende mag blijven. En dat mag toch? Ja, toch?'

'Je mag in de eerste plaats naar huis!' Mijn vader maakte zich los uit mijn omarming. 'Droge kleren aan en wel onmiddellijk!' Hij draaide zich om en liep in de richting van onze flat. Mijn moeder wierp een laatste blik op mij en liep toen achter hem aan.

Ik aarzelde. Met gebogen hoofd gaf ik Raban zijn bril terug. Toen liep ik achter mijn ouders aan. Ik draaide me niet om toen Raban me riep.

'Deniz! Hé, Deniz! Door jou zijn Leon en Fabi weggegaan. Als jij ons nou ook al in de steek laat, kunnen we het wel schudden tegen de Baarsjes!'

Deniz loopt warm

De volgende dag zat ik met mijn moeder bij de opticien en kreeg ik een bril. Ik lette er goed op dat de bril er zo'n beetje hetzelfde uitzag als die van Raban. Alleen de kleur van het montuur was anders. Rabans bril was rood en de mijne was knaloranje.

'Zo. En nu wil ik geen smoesjes meer horen als je op school iets hebt gemist!' zei mijn moeder tevreden.

'Op school?' vroeg ik verbaasd. 'Daar red ik het zelfs met een blinddoek voor. Die bril heb ik nodig om te voetballen.'

'O ja?' Mijn moeder keek fronsend op haar horloge. 'Als we een beetje opschieten, ben je nog voor de pauze terug op school! Daarna heb je rekenen. Klopt dat?' vroeg ze glimlachend. We liepen de winkel van de opticien uit.

'Wacht even, mam!' Ik rende achter haar aan. 'Met rekenen haal ik zonder bril al een tien! Maar de training? Maham! Mag ik nou naar de Duivelspot of niet?'

'Ja hoor, dat mag!' antwoordde mijn moeder. 'Maar laat je niet inmaken door de Baarsjes!'

'Sidderende kikkerdril!' riep ik en ik vloog haar om haar hals. 'Heb jij papa overgehaald?'

'Mmm,' lachte ze. 'Maar denk wel een beetje aan 'm. Hij schaamde zich gisteren dood voor je.'

'Sorry, mam. Ik zal vanaf nu nog beter mijn best doen op school, en ook op het voetbalveld! Ik zweer het je!' Ik gaf haar een dikke zoen en reed met haar terug naar de school.

Rekenen was een makkie. Na school ging ik met de bus en de tram naar de Duivelspot.

De weg erheen leek veel korter dan eerst. Met mijn nieuwe bril zag ik alles. De mist was verdwenen. Alle brakende beren! Wat was de wereld groot en wat kon ik ver kijken! Overal ontdekte ik nieuwe dingen en die gaven me energie. Zo veel energie dat ik op het grote plein uitstapte. Er waren nog steeds twee rekeningen te vereffenen.

Eerst zocht ik de taxistandplaats. Daar had die ene taxichauffeur de krant zitten lezen toen ik hem naar de weg vroeg. Weet je nog? Dat was op mijn eerste rit door de stad. Ik was toen helemaal alleen. Ik had mijn bril nog niet. Ik was verdwaald. Maar dat kon die vent niks schelen. Hij had zijn raampje dichtgedaan en me weggejaagd.

Daar was hij. Hij stond aan het begin van een ellenlange rij taxi's. Het was blijkbaar niet druk. Ik keek een poosje naar hem en zag dat hij in die korte tijd al de derde gevulde koek in zijn mond stopte.

Ik grijnsde en liep naar de telefooncel een eind verder in de straat. Daar belde ik het nummer dat verderop op de telefoonzuil van de taxistandplaats stond. Zulke dingen kon ik met mijn bril nu goed lezen. Zelfs van een grote afstand lukte dat nog. De lamp op de telefoonzuil begon te knipperen. De taxichauffeur werkte zich met zijn dikke buik uit de oude Mercedes, waggelde om de auto heen en nam de hoorn op.

'Ja, hallo!' meldde hij zich.

'Dag meneer. Ik heb een ta-haxi nodig. U rijdt toch ook over de snelweg?'

De chauffeur klakte met zijn tong. 'Ik rijd overal heen,' schepte hij op.

'O ja? Ook naar Timboektoe?' vroeg ik verrast.

'Ja, ook daarheen. Waarheen u maar wilt!' Hij kletste maar wat. Hij had niet eens geluisterd naar wat ik vroeg.

'Dat is mooi. Want daar moet ik h-heen. Naar Timboektoe, over de snelweg en door de Middellandse Zee.' Ik hield het bijna niet mccr van het lachen...

'Waar moet ik u ophalen?' vroeg hij.

'Wat zegt u? Ee-heen moment!' stamelde ik en ik keek op het bordje met de straatnaam boven me. Benterstraat stond daar. 'Komt u alstublieft naar de Benterstraat nummer 5. Ma-haar kan het een beetje snel? Ik he-heb in Timboektoe een afspraak over anderhalf uur.'

De chauffeur sprong in zijn auto en scheurde ervandoor. Hij reed door rood, trok een politieauto achter zich aan en kwam regelrecht op mij af. Maar de politie haalde de taxi in en dwong hem te stoppen.

'Hé! Wat willen jullie van mij?' schreeuwde hij tegen de

agenten. 'Ik moet naar Timboektoe. Dat is een rit over de snelweg. Weten jullie wel hoeveel ik daarmee kan verdienen?'

De agenten keken elkaar aan alsof de taxichauffeur niet goed bij zijn hoofd was.

'Naar Timboektoe?' vroegen ze. 'Over de snelweg?'

'Ja, en over de Middellandse Zee!' voegde de taxichauffeur er gewichtig aan toe.

Maar toen zag hij mij... De Turk met de rode hanenkam. Ik hield de hoorn van de telefoon nog steeds in mijn hand. Toen drong het pas tot hem door dat Timboektoe in Afrika lag.

'Wacht eens even, jij vuile rat! Jou krijg ik wel!' dreigde hij. Hij wilde al uit zijn auto stappen. Maar de agenten hielden hem tegen.

Ik rende weg en lachte zo hard dat ik mijn buik vast moest houden. En ik hield pas op toen ik in de straat met de sigarenwinkel was.

Die sigarenboer was de tweede met wie ik wilde afrekenen. Hij had me voor dief uitgemaakt en de winkel uit geduwd. Weet je nog? En zoiets doe je niet ongestraft met Deniz.

Voorzichtig sloop ik naderbij. Ik had geluk: de man zat op een stoel voor zijn winkel en snurkte luid in de nazomerzon.

Langzaam trok ik een kartonnen bordje uit mijn rugzak dat ik een paar dagen geleden gemaakt had. Ik sloop naar hem toe. Ik bukte me en deed alsof ik mijn veters vastmaakte, maar in werkelijkheid maakte ik *zijn* veters los en knoopte die vast aan de poten van de stoel. Toen pakte ik de mouwen van zijn jack, dat over de leuning hing, en bond ze om zijn buik en armen vast. Nu kon hij zich niet meer bewegen. Tevreden hing ik het bordje om zijn nek. Ik liep naar de overkant en keek vanuit een portiek wat er ging gebeuren.

Het duurde geen twee minuten of de eerste voorbijganger kwam. Hij bleef voor de sigarenman staan. Verbaasd las hij het bordje, fronste zijn wenkbrauwen en schoot toen in de lach. Hij schoot een volgende voetganger aan en wees op het bordje.

'Roken is dodelijk!' stond erop. 'En tabakswinkeliers zijn boos! Daarom mag elke niet-roker aan mijn oor trekken.'

De twee voorbijgangers keken elkaar aan. De eerste grijnsde en boog zich over de man heen. Hij kneep hem hard in zijn oor. Ik wreef in mijn handen. De tweede man trok aan zijn oorlel en de winkelier schrok wakker. Het duurde even voor hij begreep dat dit geen nachtmerrie was tijdens zijn middagdutje. Nee, dit was echt. Er stond een groepje mensen voor zijn stoel die allemaal wilden zien wat er aan de hand was. Zodra ze het bordje hadden gelezen, trokken zij ook aan zijn oor.

'Au! Au! Wat is dit? Au! Zijn jullie gek geworden? Maak me los!' schreeuwde hij. 'Wat zullen we nou krijgen?'

Maar daar dáchten de voorbijgangers niet aan. Iedereen trok aan zijn oor en liep dan door. En toen kwam ik uit de schaduw tevoorschijn en grijnsde naar hem.

De tabakshandelaar was zo perplex dat hij vergat om 'au!' te zeggen. Sprakeloos keek hij me aan en ik gaf hem een knipoog. Toen ging ik er grijnzend vandoor. Pas toen ik zo'n honderd meter verder was, kwam hij weer bij zijn positieven. 'Au! Hou op!' schreeuwde hij. En ik balde mijn vuist en brulde: 'Raahhh!'

Tevreden liep ik naar de bushalte en toen ik bij de Duivelspot uitstapte stak die oude vrouw weer over. Zij had me met haar kruk bedreigd om me als een vampier te verjagen. Maar deze keer zag ze me niet. Ze liep met een mand boodschappen te zeulen die veel te zwaar voor haar was.

'Pardon, mevrouw. Za-hal ik die mand even voor u dragen?'

De oude vrouw glimlachte dankbaar. Maar toen ze mijn hanenkam zag, bleef ze ontzet staan.

'Niet bang zijn,' glimlachte ik. 'Ik heb al ontbeten. Ik bedoel, ik eet u niet op, hoor.'

Toen droeg ik de mand tot aan haar huis. Ik kreeg een appel als beloning.

Daarna liep ik langs de grote bloembakken op het pleintje. Daar stonden de Onoverwinnelijke Winnaars van Dikke Michiel. Ze hadden taakstraffen bij de plantsoenendienst en als straatvegers omdat ze Camelot hadden aangevallen.

'Hoi Michiel!' riep ik. 'Je voorspelling was bullshit. De Wilde Bende is de beste club van de wereld. En nou jij lekker de straat veegt, hoef ik ook niet meer in de stront te trappen!'

Ik beet in de appel en liep ze voorbij. Ik voelde me geweldig. Als een sportman die vier jaar voor de Olympische Spelen traint en op de dag van de wedstrijd in topvorm is.

Bij de training in de Duivelspot was ik niet meer te verslaan. Ik dribbelde als een duivel en voor het eerst in mijn leven gaf ik de bal af!

De bal afgeven is niet genoeg

Nadat we ons warmgelopen hadden, riep Willie ons bij elkaar. Hij deelde ons in drie groepen in. Countervoetbal stond op het programma. Als eersten liepen Marlon, Vanessa en ik op het doel van Marc af.

Marlon passte de bal vanuit de middencirkel naar mij, op rechtsbuiten. Ik dreef de bal naar de hoekvlag toe. Daar gaf ik een keiharde voorzet – net als Roberto Carlos – in het strafschopgebied. Daar vloog Vanessa in duikvlucht over het gras en kopte de bal als een torpedo in het doel.

'Goed gedaan, Deniz!' riep ze en ze stak waarderend haar duimen omhoog. 'Dat had Fabi niet beter gedaan.'

Daarna wisselden we van positie. Vanessa was nu de rechtsvoor en Marlon speelde linksbuiten. Ik was de spits. Hoog in de lucht sprong ik Vanessa's voorzet tegemoet. Ik verlengde hem met een kopbal naar Marlon. Die volleyde hem met links onhoudbaar en genadeloos langs de keeper.

'Raaahhh!' Marlon balde zijn vuist en Vanessa riep: 'Alles is cool!' Ze liep regelrecht op mij af met haar hand in de lucht voor een high five.

'Zolang je maar wild bent!' Ik sloeg tegen haar hand en keek regelrecht in haar glimlach.

'Zo had Leon het ook gedaan,' zei ze glimlachend. 'Precies zo!'

'Zo schieten we de Baarsjes naar de maan,' riep ik. 'Hebben

jullie dat a-hallemaal gehoord?' Ik keek vol verwachting de kring rond. Zo blij en trots was ik nog nooit geweest. 'En ik zweer jullie dat ik Fa-habi én Leon zal vervangen!'

Ik hief triomfantelijk mijn vuist, maar in plaats van dat er gejuich klonk, werd het stil. Muisstil.

Alsof ik een toverwoord had uitgesproken dat alles liet verstommen, wendde de Wilde Bende zich nu van me af. Ze sjokten naar het stalletje en gingen moe in het gras zitten. Alleen Willie stond nog in de middencirkel. Hij keek naar mij.

'Wa-hat is er?' vroeg ik geïrriteerd. 'He-heb ik iets gedaan?'

Willie fronste zijn wenkbrauwen. 'Snap je dat niet?' vroeg hij alsof het overduidelijk was. 'Je zei net dat je beter bent dan twee jongens van de Wilde Bende bij elkaar.'

'Ma-haar, da-hat ben ik ook!' counterde ik. 'En jullie mogen blij zijn dat jullie mij hebben. Die twee zijn er toch helema-haal niet meer? Ze zijn 'm gesmeerd!'

'Net als jij,' was Willies antwoord. 'Jij bent toch ook weggelopen?'

'Ja! En jullie he-hebben me teruggehaald. Jullie he-hebben me teruggehaald omdat jullie me nodig hebben!'

'Nee, omdat we je tof vinden,' antwoordde Willie. 'En omdat jij veel van een Wilde Bende-lid weg hebt. Maar Leon en Fabi zijn niet te vervangen. Daarom vraag ik je: haal hen alsjeblieft voor ons terug!'

'Ik? Wi-hi-llie, ben je gek geworden? Mooi niet,' zei ik boos. Ik liep naar mijn tas aan de rand van het veld. 'Als jullie Fa-habi en Leon terug willen, ga ze dan zelf maar halen! Maar dan doe ik niet meer mee.'

Met deze woorden stopte ik mijn spullen in mijn tas en liep met grote stappen de Duivelspot uit. Alleen Vanessa keek me nog even aan. Misschien had die blik iets te maken met wat er daarna gebeurde.

Toen ik op de top van de heuvel kwam, draaide ik me om. In de Duivelspot ging Willie bij de Wilde Bende in het gras zitten. Ze leken zich geen raad te weten. Ik trouwens ook niet. Ik kon nergens meer heen. Thuis wachtte mijn vader, die ik natuurlijk niet kon gaan vertellen dat ik niet meer bij de Wilde Bende hoorde. En in de Duivelspot wilden ze liever Fabi en Leon.

Ik ging op mijn tas zitten. En ik zou er nu nog zitten als Raban niet was opgedoken. Samen met Vanessa. Ze hurkten naast me neer en zeiden geen woord. Ze wachtten alleen maar en ten slotte kon ik het niet meer uithouden.

'Sidderende kikkerdril!' Ik sprong op, zwaaide met mijn armen en staarde de twee vol verwijt aan. Raban keek sluw grijnzend naar me op en Vanessa glimlachte onverdraaglijk. Alle brakende beren! Waarom gooide ik mijn bril niet weg? Maar daarvoor was het al te laat.

'Dan haal ik die twee toch weer terug!' snauwde ik en ik liep weg.

Vanessa en Raban keken me na. De glimlach van het meisje veranderde in een triomfantelijke grijns en ze gaf Raban een harde high five. Toen kwamen ze achter me aan.

De zeilboot

We liepen kriskras door de stad en vonden Fabi en Leon ten slotte. Ze zaten in de wei bij de brug en gooiden stenen in de rivier. Maar dat deden ze alleen maar omdat ze niets anders konden bedenken. Ook al waren we vijanden, toch begreep ik hen meteen.

Sidderende kikkerdril! Wat kon een Wilde Bende-lid anders doen dan voetballen? Er bestond toch niets anders? Hoe je ook je best deed iets te verzinnen. En Fabi en Leon waren uitverzonnen.

Hun voetbalschoenen hingen hoog in een boom. Hun voetbal dreef als een zeilbootje zonder lucht slap in de rivier. De mast was een stok die ze in het ventiel hadden gestoken en de zeilen waren de scheenbeschermers van Leon. Links en rechts van hen hadden ze kuilen gegraven. Er zaten schoenendozen zonder deksel in die als doodskistjes dienden. Daarin lagen hun shirts van de Wilde Voetbalbende.

Wat vreselijk! Ik was het liefst bij ze gaan zitten om een potje te janken. Maar ik was niet alleen. Raban en Vanessa waren er ook nog.

'Dampende kippenkak!' riep Raban geschokt. 'Wat is er met jullie?'

Maar Fabi en Leon zeiden geen woord. Ze keken niet eens om. Ze pakten gewoon de eerste de beste steen van de grond en probeerden daarmee het zeilbootje te laten zinken.

'Hé, stelletje sukkels! Ik ben het, Vanessa. Willen jullie echt zo gezien worden door een meisje?'

Maar zelfs dat kon Leon en Fabi niks schelen.

Ik kon het gewoon niet geloven. Ik trok bijna de hanenkam uit mijn hoofd. Zo erg was ik in de war. Aan de ene kant wilde ik niets met die twee te maken hebben. Aan de andere kant vond ik dit vreselijk. Waarom deden ze zo? Sidderende kikkerdril!

'Zo is het wel genoeg geweest!' riep ik. Ik praatte een beetje gewichtig, hoorde ik. 'Vandaag is zover. Leon, jij en ik hebben nog iets uit te vechten!'

'Je meent het!' was het enige dat Leon zei. Het leek alsof niet alleen alle lucht uit de bal was, maar ook uit hem.

'Ja-ha, en je weet best wat ik bedoel. Toe-hoen bij mijn proeftraining. Je durfde niet tegen me uit te komen, weet je nog?'

'Dat is niet waar!' protesteerde Leon, maar hij deed in elk geval niet meer zo verveeld als net. 'Ik hóéfde niet tegen je te spelen. Jij had al verloren. Of ben je dat soms vergeten?'

'Ja, maar niet tegen jou. Tegen Va-ha-nessa.'

'Ga je je nou achter een meisje verschuilen? Zeg dat nog eens!' Nu sprong Leon op en keek me met fonkelende ogen aan.

De verveling was weggeblazen en ik had hem eindelijk waar ik hem hebben wilde.

'Kom op, zeg dat nog eens!' dreigde Leon opnieuw.

'Nee,' antwoordde ik vastberaden. 'Ik ze-heg het pas als het echt zo is.'

'Aha. En wanneer is dat dan?'

'Als je tegen me speelt en verliest,' grijnsde ik.

'Dat kan geregeld worden!' Hij spuwde vuur. 'Tot zo. In de Duivelspot!'

En toen sprong hij in het water. Hij crawlde naar het zeilbootje alsof er een gouden medaille op het spel stond. Toen haalde hij het uit het water.

Het duel

Een kwartiertje later verschenen Leon en Fabi in de Duivelspot. Ze hadden hun shirt, broek en knaloranje kousen aan om iedereen te laten zien dat ze klaar waren voor de strijd.

Het speelveld was afgezet. Zeven bij twaalf meter, en als doelen hadden we twee bierkratten rug aan rug in het midden van het veld gezet.

Zonder iets te zeggen liep Leon de arena in en ging recht voor me staan.

'Ik speel onder één voorwaarde,' zei hij luid en duidelijk. 'Als ik win, komen we weer terug. Maar Deniz moet dan weg.'

'En als je verliest?' vroeg ik cool.

'Dan blijft het zoals het is,' antwoordde hij zonder aarzelen.

Ik keek hem aan en knikte. 'Oké, deal.

En je ziet het niet zitten als we a-hallemaal in één team spelen?'

'Nee. Waarom zou ik? Ben je soms bang?' vloog hij op.

'Ja,' zei ik, 'ik ben bang. Ik weet alleen nog niet precies
waarvoor!'

'Dat zal ik je dan wel even laten zien!' lachte Leon. 'Kom
op, waar wacht je nog op. Willie! Fluit maar!'

Willie bekeek onze verhitte gezichten. 'Dit is een voetbal-
duel! Is dat duidelijk?' vroeg hij streng en hij wachtte tot we
knikten. 'Goed, want als een van jullie de sportiviteit ook
maar een béétje vergeet, dan heeft hij voor de laatste keer in
zijn leven de Duivelspot van binnen gezien.'

Leon en ik slikten. Het was duidelijk. Dit was ernst. En we
wisten dat Willie in dit geval voor niemand een uitzondering
zou maken.

Toen begonnen we. Willie floot en gooide de bal in de
lucht. We sprongen allebei op. We wachtten niet tot hij op de
grond kwam. Onze schouders botsten hard tegen elkaar,
maar onze armen bleven langs ons lijf en daarom was alles
toegestaan. We gaven elkaar niets cadeau. We lieten geen bal,
geen tweegevecht verloren gaan, en na een kwartier gingen
de eerste toeschouwers in het gras zitten.

Na een half uur zat iedereen langs de zijlijn en na een uur stuurde Willie Marlon en Rocco naar zijn stalletje om cola te halen. Hij bood ons aan even rust te houden, maar wij waren te zeer in het gevecht ge-wikkeld. We konden nu niet stop-pen. We hadden maar één gedachte: de ander verslaan.

Maar na twee uur kregen we daar spijt van. Onze tong lag als een uitgedroogde spons in onze mond. En de Wilde Bende lag te slapen in het gras. Niemand van hen had de puf om

zo'n lange strijd te blijven volgen. Ten slotte kon zelfs Willie
niet meer en verzocht ons om zonder scheidsrechter verder
te spelen. En toen het donker werd, strompelden we allebei
bekaf van het veld.

Maar dat deden we alleen maar om de lampen aan te doen.
Toen speelden we verder, eerst nog rechtop, toen op onze
knieën en ten slotte kropen we op handen en voeten rond tot
we ook dat niet meer konden.

Uitgeput en halfdood lagen we naast elkaar in het gras.

'Moggavend verde!' rochelde Leon.

'Wa zei je?' vroeg ik al even onduidelijk.

'Mogge maak ik je zo in dat je niemeer aan vocbal kan
denke!' fluisterde Leon.

'Oké,' mompelde ik.

'En dan gawe same op minigolf!' lachte Leon. Toen legde
hij zijn hoofd op mijn arm.

Van man tot man

Toen ik thuiskwam, was het al bijna half elf. Mijn ouders werkten allebei overdag, en daarom maakte niemand zich 's middags zorgen om ons. Maar 's avonds was dat anders. En half elf was echt te laat. Heel voorzichtig stak ik de sleutel in het slot en deed de voordeur open. Ik wilde meteen naar bed en hoopte dat mijn ouders morgen in de opstaan-naar-school-en-weg-naar-kantoor-stress zouden vergeten dat ik zo laat thuis was gekomen. Maar op weg daarheen moest ik door de keuken. En daar stond mijn vader.

Hij was zenuwachtig. Daar had hij wel vaker last van. Voor dit soort avonden was ik bang. En ik besefte ook elke keer weer hoe weinig ik eigenlijk van hem wist. Ik wist amper wat voor werk hij deed. Nu was hij echt zenuwachtig. Waarom dat van tijd tot tijd zo was, hadden ze wel een beetje aan me uitgelegd. Mijn vader was ziek. Dat wil zeggen, af en toe. Soms was hij ziek. Soms moest hij zelfs in het ziekenhuis blijven. Maar nu was hij hier. Hij keek me in het licht van de open koelkast argwanend aan.

'Waar kom jij vandaan?' vroeg hij en hij morste daarbij de melk die hij in zijn koffie wilde gieten.

Ik zei geen woord. Ik vroeg me alleen maar af of dat wel goed voor hem was, koffiedrinken voor het slapengaan.

'Waar kom je vandaan?' vroeg hij nog eens. 'Heb je weer verloren?'

Ik schudde mijn hoofd. Ik moest voorzichtig zijn.

'Dan ben je weggelopen!' verweet hij mij.

'Echt niet,' protesteerde ik. 'Ik he-heb een hele goeie dag gehad!'

Mijn vader fronste zijn wenkbrauwen. Ik wist nooit wat hij het volgende moment ging doen.

'Vertel!' lachte hij. 'Dat is goed. Dat is heel goed.' Hij pakte zijn beker koffie en ging zitten. 'Kom! Kom hier zitten,' zei hij. 'Vertel me alles!' Hij was nu heel vriendelijk en zijn ogen fonkelden als sterren in een nacht zonder maan. Als hij zo was, hield ik zo veel van hem. Ja, zo was hij mijn vader.

'Kom op met je verhaal, Deniz. Je had een goeie dag. Had het met voetballen te maken?'

'Ja, met Leon!' zei ik alleen maar.

'Leon wie?' vroeg mijn vader en hij werd weer zenuwachtig.

'Leon de sla-ha-lomkampioen, topscorer en jongen-van-de-slimme-voorzetten. Hij speelt bij de Wilde Bende. Hij is die jongen die om mij uit het team is gesta-hapt. Die mij er niet bij wilde hebben.'

'O ja? Hoezo? Wilde Leon weer terug? Heeft hij je tot een duel uitgedaagd? Wilde hij je weer uit het team wippen?' vroeg mijn vader scherp.

'Nee,' antwoordde ik. 'Ik ben naar hém toe gegaan. Ik heb gevraagd of hij terug wou komen.'

'Ben je nou gek geworden!' Mijn vader schreeuwde opeens. Hij sprong op en veegde de koffiebeker van tafel. 'Waarom haal je zo'n stommiteit uit? Jij bent de beste, Deniz! Jij hebt die Leon helemaal niet nodig!'

'Echt wel,' zei ik met gebogen hoofd. 'Ik he-heb Leon wel nodig. En Fabi ook. We hebben ze allebei nodig, omdat we za-haterdag tegen de Baarsjes moeten winnen!'

Mijn vader liep zenuwachtig te ijsberen.

'Da-hat wil jij toch ook, dat we winnen?' vroeg ik, en toen bleef hij staan.

Hij keek me moe aan, maar zijn ogen flitsten weer. 'Natuurlijk wil ik dat, Deniz. Natuurlijk wil ik dat!'

Ik balde mijn vuisten. Mijn vingernagels drukten in mijn handpalmen.

'En wa-hat gebeurt er als we verliezen?' vroeg ik.

Mijn vader keek me verward aan. 'Dat begrijp ik niet, Deniz,' zei hij.

'Weet je, ik he-heb vandaag heel veel geleerd,' probeerde ik het hem uit te leggen. 'Ik he-heb vandaag geleerd dat er nog iets be-belangrijkers bestaat. Iets belangrijkers dan winnen.'

De ogen van mijn vader werden donker.

'Nee, begrijp me alsjeblieft niet verkeerd,' zei ik vlug. 'Dit is geen smoesje. Ik wil niet verliezen. Ma-haar het zou kunnen gebeuren. En ik b-ben daar heel bang voor, weet je. Ik b-ben bang dat ik van jou nooit mag verliezen.'

'Maar Deniz... Denk toch aan je opa en aan zijn motorjack dat je altijd draagt. Je wilt toch worden zoals hij? De beste nummer 9 van de wereld?'

'Ja, maar dat mo-hotorjack is veel te groot voor mij,' protesteerde ik. 'Ve-heel te groot en ve-heel te zwaar. Dat weet ik nu.'

'En de tas?' vroeg mijn vader. 'Die tas heb ik je gegeven. Je moet altijd weten hoezeer ik in je geloof.'

'Ja-ha, dat weet ik ook.' Ik slikte en zweeg lange tijd. 'Ma-haar kun je niet ook in mij geloven als ik een ke-heer verlies? Weet je, dan zou winnen veel makkelijker zijn.'

Mijn vader keek me diep in mijn ogen. Dieper dan ooit tevoren. En toen sloeg hij eindelijk zijn armen om me heen.

FC De Baarsjes tegen de Wilde Voetbalbende V.W.

Die zaterdag reden we allemaal naar de velden van FC De Baarsjes. Willie had een busje geregeld en we voelden ons echte profs. Zelfs Leon en Fabi deden alsof er nooit iets was gebeurd. Alsof we nooit aan de oever van de rivier hadden gezeten.

En toen begon de wedstrijd.

Al bij de aftrap overrompelden we onze tegenstander. Rocco speelde terug naar Marlon en die passte naar mij op rechtsbuiten. Dat hadden we honderdduizend keer bij de training geoefend. Ik zette het op een lopen en vlak voor de hoekvlag gaf ik een knalharde voorzet naar Leon. Leon zette zijn voet op de bal. De reserves sprongen op en Willie trok de pet van zijn hoofd. Maar Leons schot sloeg tegen de paal. Vandaar sprong de bal terug in het veld en voor mijn voeten. Ik schoot terug naar Max. Die schoot. Onhoudbaar was zijn schot richting doel, maar de keeper van de Baarsjes was minstens even goed als Marc. Hij sloeg de bal met zijn vuist uit de hoek.

In de tegenzet liepen de spitsen van de tegenstander zich vast in het eenmans-middenveld. Joeri 'Huckleberry' Fort Knox beet zich in twee spitsen vast, veroverde de bal en passte hem via Leon naar voren. Leon verlengde de volley en liep achteruit naar Rocco op links. Toen liet de zoon van de

Braziliaanse prof een paar trucs zien. Hij was niet te houden, liep regelrecht naar het doel van de tegenstander en dreef de bal hard naar rechts in de ruimte. Daar stond ik, bewaakt door twee tegenstanders. Maar ik bereikte de bal en stopte hem. Mijn bewakers merkten dat niet en renden me voorbij. Pas een eind verder begrepen ze mijn list en geschrokken draaiden ze zich om. De bal lag moederziel alleen voor het doel en de keeper van de tegenstander liep er al heen. Toen kwam Marlon de nummer 10. Alsof hij een onzichtbaarheidsmantel aanhad, dook hij uit het niets op en lepelde de bal onhoudbaar in het doel.

Stand: nul-een! Dit ging als een trein. Maar de Baarsjes gaven nog niet op. Nee, integendeel. De spitsen vlogen op ons doel af. En alleen omdat Marc de onbedwingbare zelfs de onhoudbaarste ballen nog hiel, behielden we onze voorsprong tot de rust.

Maar die was te kort. De tegenstander, die een jaar ouder en twee koppen groter was dan wij, eiste zijn tol. In de tweede helft verdween onze kracht. Wie Willie ook het veld in stuurde, of het nou Vanessa, Jojo, Felix, Fabi, Raban of Josje was, niets lukte. De tegenstander was gewoon te snel en al na 15 van de 25 minuten van de tweede helft lag FC De Baarsjes met twee-een voor.

Het duurde tot vijf minuten voor het einde. Daar bevocht Leon zijn eerste kans sinds de rust. Hij dribbelde zich tussen drie verdedigers door. Nu kon hij schieten en... Sidderende kikkerdril! Nee! Hij werd onderuitgehaald. Willie sprong op, maar de scheidsrechter had het goed gezien. Strafschop voor ons. Die nam Vanessa natuurlijk. Maar wat deed ze nou? Ze schoot naast.

Nu was het stil. We hadden verloren. Het herfstkampioenschap was verspeeld. Toen wisselde Willie Rocco voor mij.

Hij kon niet meer en ik moedigde de anderen weer aan. Op onze eigen helft onderschepte ik een slechte pass van de tegenstander en schoot de bal strak naar voren. Daar stond Fabi. Hij nam hem met een kopbal door naar Leon. Die had zelfs geen halve vierkante meter ruimte, zo werd hij door de tegenstanders gedekt. Toch wist hij de bal te pakken. Hij draaide om zijn eigen as, werd neergehaald en schoof de bal nog in zijn val in het doel. Zoals Johan Cruijff ook ooit gedaan had.

Twee-twee en nog één minuut. We konden winnen, dat wist ik. En toen de tegenstander de aftrap deed, ging ik er als een speer op af. Ik liep in de pass, kreeg de bal onder controle en stormde naar het doel van de Baarsjes. Maar ik was alleen. Het leek wel of ik omringd was door tegenstanders. Shit! Waar zaten Leon en Fabi? Waarom kwamen Marlon en Max niet met me mee?

Maar die konden niet meer. Ze bleven achter. Ten slotte kon ik niets anders doen dan wat ik vroeger had gedaan, vóór mijn bril... Naar mijn voeten kijken. Zo vocht ik me door de tegenstanders heen. Het leek of ik als een locomotief op de

rails liep. Ik was onhoudbaar. En pas toen ik met bal en al in het doel viel, merkte ik waar ik eigenlijk was.

Maar dat maakte allemaal niets meer uit. We hadden gewonnen! Nog voordat ik me uit het net had losgemaakt, stormden mijn vrienden op me af.

Het was ons gelukt! En als we nu ook Waterland, de laatste tegenstander die nog over was, zouden verslaan werden we kampioen! We reden met het busje naar huis. Op de top van de heuvel voor ons stadion vroeg ik Willie om even te stoppen. Ik vroeg of iedereen uitstapte en we sloegen de armen om elkaars schouders. We stonden daar als een machtige pikzwarte muur en staken ons hoofd in de wind. Toen deden we onze ogen dicht en iedereen deed een wens. Ieder voor zich en heel zachtjes. We wensten allemaal hetzelfde. Ik zweer het je. Ik durf er mijn nieuwe bril voor in het vuur te steken!

Roze

Na de wedstrijd tegen de Baarsjes brak een roze tijd aan. Zo noemde Oma Verschrikkelijk, Vanessa's oma bedoel ik, het. Maar voor mij was deze tijd echt té roze.

De herfstvakantie begon en die gaf ons tot de laatste beslissende wedstrijd een hele week. Een week waarin we van 's morgens vroeg tot 's avonds laat in ons stadion waren. We trainden de hele dag, en dronken in de rust cola met Willie en vertelden onze verhalen aan elkaar.

Ik vertelde over juf Hendriks en mijn vlucht uit school. Over de sigarenboer die zich aan zijn oor liet trekken. En over de taxichauffeur die door rood reed omdat hij zo'n haast had om in Timboektoe te komen.

De anderen vertelden mij over de overwinning tegen de Onoverwinnelijke Winnaars, de training op de wei aan de rivier, het huisarrest en de wedstrijd tegen Ajax. Over de strijd om Camelot en over de graffiti-torens en ook over het verjaardagstoernooi bij Vanessa. Ze vertelden over de roze pumps die Vanessa met haar verjaardag van de jongens had gekregen. Ja, en dat roze achtervolgde ons gewoon.

Langzaam werden we vrienden. Vooral Leon en ik. Maar Fabi zat het blijkbaar nog steeds niet helemaal lekker. Hij trok zich een beetje terug en werd al kwaad als ik Vanessa alleen maar áánkeek. Hij vond haar glimlach blijkbaar net zo spannend als ik. Of nee! Hij vond iets anders veel spannender: de extra brede achterband van haar mountainbike. Want op een morgen verscheen hij grijnzend op zijn fiets, en reed trots om Vanessa heen.

We begrepen er niets van. Fabi had een nieuwe achterband gekocht. Eentje die nog breder was dan die van Vanessa, maar dan roze. Hij had helaas geen andere kleur kunnen krijgen. En hoe lullig het er ook uitzag, het werd een soort epidemie.

In het begin lachten we er nog allemaal om. Maar het duurde nog geen twee dagen voor er nog drie leden van de Wilde Bende met dikke roze achterbanden rondreden. Ten slotte had iedereen zo'n achterband. Iedereen, behalve Leon, Marlon en ik. Ja, en Raban natuurlijk. Maar Raban de held overtrof iedereen. Op de een na laatste dag van de vakantie zoefde Raban op zijn 12-inch kindermountainbike de heuvel af naar de Duivelspot.

We zagen hem aankomen en we zagen ook hoe hij de macht over het stuur verloor. Het voorwiel kwam langzaam omhoog en ging steeds hoger. En toen suisde Raban met een

echte wheelie op een echte zwarte tractorachterband de Duivelspot binnen.

Vanessa kwam niet meer bij van het lachen, maar de anderen keken naar de grond. Ze begrepen eindelijk hoe suf die roze achterbanden waren. Alleen Raban snapte er geen klap van. En hij begreep al helemaal niet waarom we hem bedankten. Maar ook toen hij als enige zijn nieuwe achterband hield, had Raban de held de Wilde Voetbalbende weer eens gered.

Joachim Masannek werd in 1960 geboren. Hij studeerde Duits en filosofie en daarna studeerde hij aan de Hogeschool voor Film en Televisie. Hij werkte als cameraman en schreef draaiboeken voor films en tv-programma's. En hij is trainer van de échte Wilde Voetbalbende, en vader van voetballers Leon en Marlon.

Jan Birck werd geboren in 1963. Hij is illustrator, striptekenaar en artdirector voor reclame, animatiefilms en cd-roms. Met zijn vrouw Mumi en hun voetballende zoons Timo en Finn woont hij afwisselend in München (Duitsland) en Florida (Verenigde Staten).

Alles is cool zolang je maar wild bent!

Zeven vrienden wachten op het mooie weer dat het nieuwe voetbalseizoen inluidt. Voetbal is voor hen minstens even belangrijk als leven. Maar de sneeuw is amper gesmolten, of hun voetbalveldje is al in beslag genomen door Dikke Michiel en zijn *gang*. Dat laten de vrienden natuurlijk niet zomaar gebeuren! Ze dagen Dikke Michiel uit: wie de wedstrijd wint, krijgt het veldje. Maar hoe kunnen ze ooit winnen van die griezels, die veel groter, sterker én gemener zijn...?

ISBN 90 216 1909 1

Er komt een nieuwe jongen op school: Rocco, de zoon van een Braziliaanse profvoetballer. Eerst vindt Felix hem arrogant, maar Rocco is goed én hij wil per se bij de Wilde Voetbalbende. Rocco's vader vindt het maar niks. Zijn zoon bij een ordinair straatelftal! Hij moet bij een échte club spelen.

Dat kan geregeld worden: de Wilde Bende zorgt voor officiële clubshirtjes en traint nog harder dan anders. Dan dagen ze het jeugdteam van Ajax uit voor een duel. Rocco is een van hun tegenstanders...

ISBN 90 216 1919 9

Vanessa is helemaal voetbalgek. Ze draagt altijd voetbalkleren, en ze wil de eerste vrouw in het Nederlands elftal worden. Met haar meisjes-voetbalclub gaat dat natuurlijk nóóit lukken! Haar vader meldt haar aan bij de Wilde Bende. Maar de jongens zijn op zijn zachtst gezegd niet zo erg blij met een meisje in hun team. Ze spelen Vanessa nooit de bal toe, maken zulke scherpe passes dat zij die wel moet laten gaan en vernederen haar. Vooral Leon moet niks van haar hebben. Maar Vanessa geeft niet op: ze móét en ze zal laten zien dat ze goed genoeg is om bij de Wilde Bende te spelen!

ISBN 90 216 1929 6

Na de vakantie wacht de Wilde Voetbalbende een grote verrassing: hun veldje is omgetoverd in een echt stadion, compleet met schijnwerpers! Joeri wil niets liever dan dit grote nieuws aan zijn vader vertellen. Alleen woont zijn vader niet meer thuis, en Joeri weet niet waar hij nu is. Terwijl hij in de stad naar zijn vader op zoek is, valt Joeri in handen van Dikke Michiel en zijn *gang*, de aartsvijanden van de Wilde Bende...

ISBN 90 216 1690 4

Raban voelt zich in de Wilde Voetbalbende het vijfde wiel aan de wagen. Hij is bang dat de anderen hem niet meer bij hun team willen hebben. Trainer Willie raadt hem aan om in de kerstnacht het grote voetbalorakel te raadplegen. Zo gezegd, zo gedaan: midden in de nacht sluipt Raban naar het stadion...

ISBN 90 216 1950 4

Verschijnt november 2006

Als Max plotseling niet meer het hardste schot ter wereld kan maken, raken de leden van de Wilde Voetbalbende in paniek. En wat misschien nog wel erger is: Max lijkt ook zijn tong verloren te zijn. Hij zegt geen woord meer. Shock-therapie is de enige mogelijkheid, en zijn vrienden organiseren de griezeligste spooknacht aller tijden...

ISBN 90 216 1960 1

Verschijnt november 2006